ブックレット〈書物をひらく〉29

雲は美しいか
和歌と追想の力学

渡部泰明

平凡社

雲は美しいか──和歌と追想の力学［目次］

はじめに──「追憶」──5

一　歌われた雲──8
雲は名脇役
神出鬼没の雲

二　『万葉集』の雲──22
雲は邪魔物か
雲は、つなぐ

三　平安時代へ──変貌する神女──30
雲の通ひ路
舞姫と「高唐賦」の神女
『続浦島子伝記』──雲の文学として

清少納言のまなざし
光源氏の哀惜
多層化する母体

四　『新古今集』の時代——63
死と物語
『無名抄』「近代の歌体」

五　中世和歌の雲と幽玄——78
定家仮託書の幽玄
正徹の戦略

おわりに——なぜ古典を学ぶのか、という問いに——90

あとがき——93

掲載図版一覧——96

さうして
つひにその姿が見失はれたとき

驟雨!

あなたはまた
ネオンサインに照らし出される
白い無数の槍となって
するどく　わたしを洗ひにくる!

(吉原幸子「オンディーヌ」『詩集 オンディーヌ』、思潮社、一九七二年)

はじめに――「追憶」

芥川龍之介の小説「追憶」（『文芸春秋』大正十五年（一九二六）四月～昭和二年（一九二七）二月）に次のような一節がある（『芥川龍之介全集』より）。

答案

確か小学校の二三年生の頃、僕等の先生は僕等の机に耳の青い藁半紙（わらばんし）を配り、それへ「可愛いと思ふもの」と「美しいと思ふもの」とを書けと言つた。僕は象を「可愛いと思ふもの」にし、雲を「美しいと思ふもの」にした。それは僕には真実だつた。が、僕の答案は生憎（あいにく）先生には気に入らなかつた。

「雲などはどこが美しい？　象も唯（ただ）大きいばかりぢやないか？」

先生はかうたしなめた後、僕の答案へ×印をつけた。

（大正十五年十一月）

はたしてこれは事実か、などといった詮索はひとまず措（お）こう。人は記憶を作りあげるものだ。知らないうちに生まれる過去だってある。少年時代の思い出はとくに、虚実ないまぜとなった追想の渦の中にぽっかりと浮かんでいる。いや、芥川のまったくの創作かもしれない。

少なくともこうはいえるだろう。「答案」には、子供ながらに直覚していた美しいもの、可愛いものの具体像があり、それを大人の代表である教師ににべもなく打ち消された、という記憶が描かれている、と。少年の頃の心を追想する。実に郷愁をかき立てる行為だ。先生に頭から否定されるなどという非道なことがなければ、ある種の幸福感すら味わえたかもしれない。はるか遠くに存在し、それがどういうものかはっきり規定することはかなわぬけれど、しかし今の自分と深く関わるものとして、懐かしげに思いやっている——。おや、少年時代への追想をそんなふうに言い表したら、何だか雲に似てきてしまった。「答案」の文章では、雲は、追憶の中に位置づけられることによって、面目を新たにしているといってよいだろう。誰しもが持つ、雲の記憶を掘り返されて。追想と雲とは、ずいぶん相性がいいようだ。

どうして相性がいいのか？　と考えていくと、その疑問への答えの根っこは予想外に深いところに到る。古典と関わるからである。和歌をはじめとする古来の言葉の中で、雲は追想とともに輝いていた。驚くほど多様な言葉や観念と結び合い、それらを引き出していたのである。そのさまは、雲は美しいのか、雲と美しいこととはどのような関係にあるのか、という問いに答えようとする過程で、明らかになっていくだろう。そして、古典を読むことにはどのような意味があるのかという疑問に答えることにもつながっていく。和歌をはじめとした古典の雲海を遊泳しながら、合わせて考えてみようと思う。

一 歌われた雲

雲は名脇役

雲は美しいか。それに答えるのはもう少し後にしよう。まず断言しておきたい。雲は歌ことばきっての名脇役である、ということを。個性豊かな歌の主役の面々を、しっかりと脇で支え、輝かせている。

古来美の主役といえば、花月、である。花と雲との関わりでいえば、

歌奉れと仰せられし時に、詠みて奉れる　（貫之）

桜花咲きにけらしなあしひきの山の峡より見ゆる白雲
（古今集・春上・五九・紀貫之）
（ああ、桜の花が咲いたらしい。山の谷あいから白雲が見えるのだ）

という『古今集』の紀貫之の歌などがよく知られている。けれども、考えてみたまえ。花が白雲に見えたからどうだというのだ。雲は花より美しいのか？　美と

いう点では、誰が見ても花よりずっと格下ではないか。実は、後の時代にこそ花を雲に見立てる表現は一般的になったが、どうやら貫之あたりが開発し広めた言い方らしい。少なくとも当時の読者にとって驚かされる表現だったようだ。だから私たちもまずはびっくりしてみよう。花が雲に見えるなんて！　では雲はどのようなイメージを含んでいたか。それはおいおい確かめてみることにするが、少なくとも手の届きがたいものであり、くっきりとも捉えにくいものであったことはいえるだろう。それゆえかえって謎めいた美を浮かびあがらせる。かつて見たはずのあまたの花の記憶を呼び起こしながら、かなたからまなざしを引き寄せるもの。遥か遠く花に憧れる気持ちが、うまく雲に託されている。そしてその思いは、歌を詠めと命じた存在――『古今集』では醍醐天皇を指す――を賛美することにもつながる。心情語は一つもないのに、思いはくっきりと力動感を伴って立ち上がる。なるほど、快作である。

一方で、月と雲はどうか。

家に歌合し侍りけるによめる　　左京大夫顕輔

夜もすがら富士の高嶺に雲消えて清見が関に澄める月かな

（詞花集・雑上・三〇二）

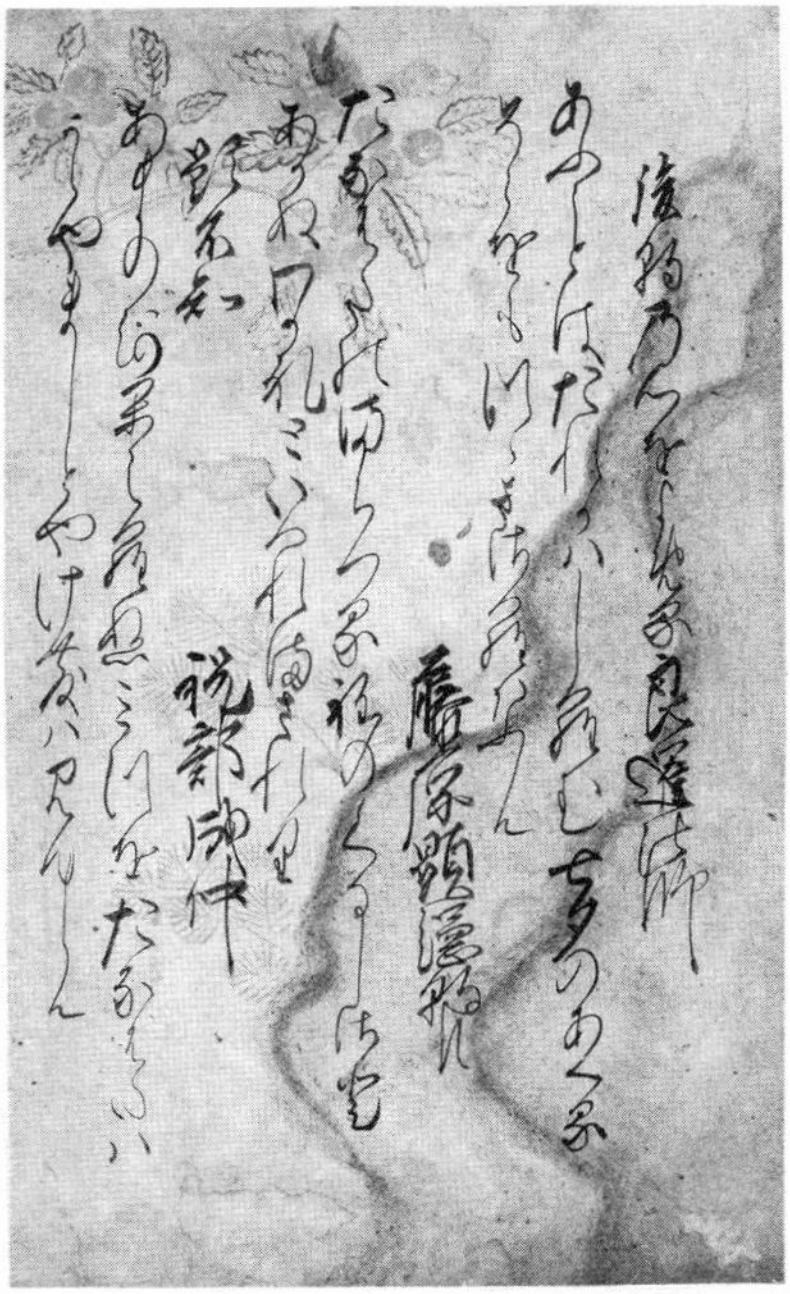

図1　国文学研究資料館所蔵　伝藤原良経筆の『詞花和歌集』古筆切　藍色の雲紙を用いている。

（夜どおし富士の高嶺には雲が消え去って、
清見が関にはその名の通り月が澄んでいる）

『詞花集』の一首。作者藤原顕輔が自分の家で歌合を開催した時の歌とある。顕輔はこの勅撰和歌集『詞花集』の撰者でもあるのだから、渾身の自信作ということになる。が、もともとこの歌が詠まれた歌合――長承三年（一一三四）九月十三日の『中宮亮顕輔家歌合』――では、当時の歌界の権威である判者（審判役）藤原基俊から、全体的な表現は悪くないとされながらも、二つの難点を手厳しく指摘され負けている。両方とも雲に関する咎め立てである。一つは初句「夜もすがら」と第三句「雲消えて」のつながりである。雲は夜もすがら消えるものではない、あっと言う間に生まれては消えるもので、だからこそ無常なこの身の比喩ともなる。もう一つは、富士なら必ず煙を詠むべきであるということ。煙をさしおいて雲を詠んで負けとなった例として、女房歌人相模の歌合での歌を引証している。

自信作をこきおろされて憤懣やる方ない顕輔は、「終夜雲尽月行遅」（一

歌合　左方と右方の二つのグループに分かれ、それぞれから一首ずつ歌を提出して勝負するゲーム。

『中宮亮顕輔家歌合』　月・紅葉・恋の三題で、源雅定・源顕仲・藤原為忠ら二十四名が参加した。

晩中雲は消えていて、月の運行が遅く感じられる）という漢詩句が『和漢朗詠集』にある、と反論して基俊を黙らせたと、息子の清輔の著した歌学書『袋草紙』に見える。「終夜雲尽月行遅」の詩句は、本来の詩句「夜雲収尽月行遅」（夜の雲収まり尽きて月の行くこと遅し）（和漢朗詠集・月・二五三・郢展）を都合よく改変しているようだが、清輔は、加えて相模の歌も、負けではなく引き分けだったと、こちらは正確に指摘している。猶子であるが同じく息子の歌人顕昭も、『万葉集』には、富士に煙を詠まず雲を詠んだ歌だって多いではないか――有名な山部赤人の富士山の歌などを指すのだろう――と反論している。

判者基俊の判定はたしかに問題のあるものだったかもしれない。けれども、この歌の中での「雲消えて」の使い方が、かなり挑戦的な表現であったことも間違いはない。つまり、雲のない状態を「消ゆ」という動きで表したところにこそ、作意が込められていると見てよさそうだ。富士と名月と――この歌合は九月十三夜の催しだった――清見が関の名とに畏れかしこまって、雲がおのれと退出するかのようだと、称える思いで三者を結びつけているのだ。少なくとも雲がない状態だけが言いたいのではない。雲が舞台を退場することによって、主役である月が登場する。要するに美の新たに出現する感覚が狙いである。現れ出でた一瞬の記憶を、長く封じ込めようというのである。いくら富士に付き物とはいえ、煙にそこまでの役割は果たせない。雲は、畏怖さえ覚える光輝を立ち現す媒介なのであった。

神出鬼没の雲

春の花は取り上げたから、夏からの季節に沿って雲の名脇役ぶりを眺めてみよう。

夏はなんといっても時鳥。時鳥は雲に鳴く。

風越を夕越えくればほととぎすふもとの雲の底に鳴くなり

（千載集・夏・一五八・清輔）

（風越の峰を夕方越えてくると、時鳥が麓の雲の遥か奥底で鳴いているではないか）

時鳥は、鶯や雁・鶴などと違って、姿を見せぬまま遠く鳴く。「雲の底」という前例のない表現は、それを実現する一方で、普通なら空高く鳴く時鳥を、下方遥かに聞きつける逆転を楽しんでいる。峠で雲海の下に聞く時鳥は、また格別であったろう。

秋は月。雲が秋の月をいっそう輝かせる例を、顕輔の歌に探った。そういえば、月明かりの下、雲の辺りには雁も連なっている。

白雲に羽うちかはし飛ぶ雁の数さへ見ゆる秋の夜の月

（古今集・秋上・一九一・読人不知）

（白雲に羽を交えるようにして飛ぶ雁。その数までが見える。秋の夜の月のせいで）

空高く、雲に紛れるように飛ぶ遥かな雁の列を、月はくっきりと数えられるまでに浮かび上がらせる。白雲は雁も月も隠しかねないはずだが、そんな心配をうち払う月光を、逆に際立てる。

冬は雪。

み吉野の山かきくもり雪ふればふもとの里はうちしぐれつつ

（新古今集・冬・五八八・俊恵）

（吉野のお山がかき曇って雪が降ると、麓の里では時雨が降り出して）

にわかにかき曇り聖なる吉野の峰に雪を降らせる雲は、そうか、ここ麓の里をふいに通り過ぎる時雨の雲か。同じ雲がもたらす天候の差によって、時間と空間の奥行を表す。それは神話的な歴史を背負う吉野への崇敬と響き合う。そして雲は、時空遥かかなたと今この場所を、天空で結びつける。
もとより天から降る雨はみな雲が降らせる。雨は四季折々に降る。

春雨に濡れてたづねん山桜雲のかへしの嵐もぞ吹く

（金葉集二度本（きんようしゅうにどぼん）・春・五五・源頼宗（よりむね））

（春雨に濡れても山桜を訪ねよう。雲を吹き返す嵐が花をも散らしてしまうかもしれないから）

春雨を降らせている雲はやがて晴れる。しかしその雲を吹き去らせる嵐は、花をも散らしてしまうかもしれない。ええいかまわぬ、いっそ濡れても花を見に行こう。嵐を心配し、雨中に花を訪ねようとする風流心を、雨を降らせ嵐に払われる雲によってテンポよく表した。雨にも風にも障らぬ至高の花の記憶が、雲の奥に憧憬とともに宿っている。
夏には梅雨の雨、すなわち五月雨（さみだれ）が降る。

かきくらし雲間も見えぬ五月雨はたえず物思ふわが身なりけり

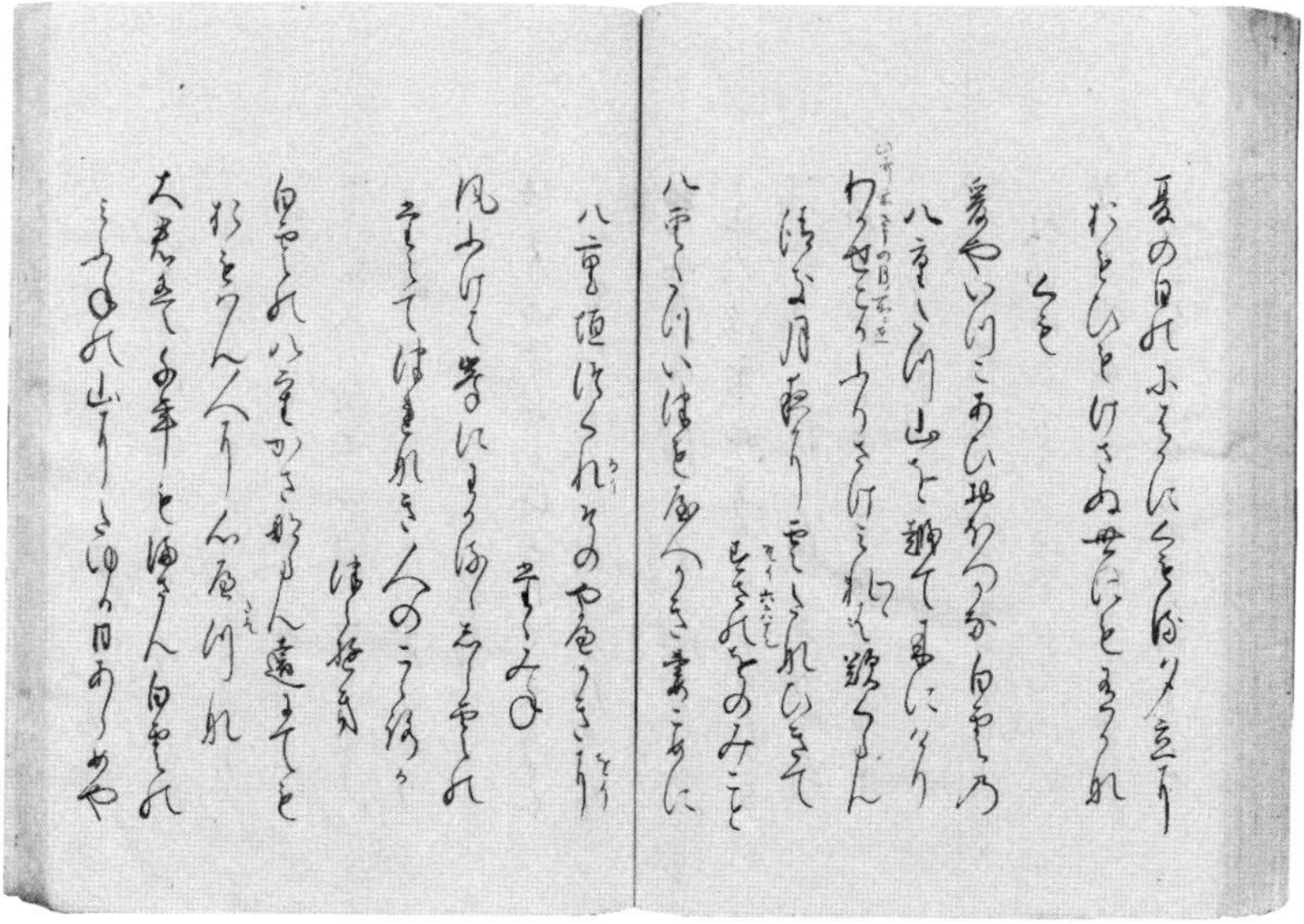

図２　国立公文書館内閣文庫所蔵『古今和歌六帖』第一帖　歳時部　天『古今和歌六帖』では、「くも」の分類標目のもとに、二十七首が集成され、主として詠歌の手引きとなっている。

（後拾遺集・恋四・八二九・藤原長能）

（かき曇って晴れ間も見えない五月雨、それは恋に悩む私自身だ）

陰々と空を閉じてしまう五月雨の雲。さすがに美しさなど皆無ではないか。いやいや、この場合の雲は恋の懊悩を比喩しているのだから、美と無縁というほうがおかしい。涙の雨に溺れるほど、恋は甘美なのだ。

右の雲は、恋の鬱勃たる情念を託していた。

夕暮は雲のはたてに物ぞ思ふあまつ空なる人を恋ふとて（古今集・恋一・四八四・よみ人しらず）

（夕暮れには雲のはてへと思いが天駆ける。手の届かない大空のような人が恋しくて）

こちらは、高嶺の花の人への定まらぬ思いを雲にこと寄せる。萩原朔太郎は、「雲のはたて」を「雲の旗手」と漢字表記し「旗手は旗のように乱れる形」と解したうえで、「恋する者は哲学者で、時間と空間の無限の涯に、魂の求める実在のイデヤを呼びかけてる」（『恋愛名歌集』、第一書房、一九三一年。引用は『岩波文庫』による）と評する。いや「はたて」は「はて」の意とするのが今の通説なのですよと教えたら、ほら見ろと手を打って喜んだだろう。雲が恋心の理想的な精神性を引き出している、とこの言葉を理解してよいのなら、朔太郎には大いに賛意を表したい。

明けばまた越ゆべき山の峰なれや空行く月の末の白雲
（新古今集・羇旅・九三九・藤原家隆）
（夜が明けたらまた越えることになる山の峰なのだろうか。空を行く月の沈みゆく末の白雲のあたりが）

藤原家隆の旅の名歌。雲は、旅ゆく先の目当てとなり、期待と不安を託されたものであり、そうして漂泊の旅の——目的地があろうとなかろうと、旅心の本質はさすらいにある——象徴となって漂っている。雲はたんなる目印ではない。決してたどり着けないかの地と今の自分とを架橋するものだ。

宗教的な形象としてもしばしば用いられる。

定めなき身は浮雲(うきぐも)によそへつつ果てはそれにぞなりはてぬべき

（千載集・釈教(しゃっきょう)・一二〇三・藤原公任(きんとう)）

（無常なこの身はまるで浮雲のよう。そう言っているうちに、本当に浮雲になってしまうだろう）

『維摩経(ゆいまきょう)』方便品(ほうべんぼん)に見える、この世が「空(くう)」であることをたとえた十の比喩――これを『維摩経』十喩(じゅうゆ)という――のうちの一つ、「この身浮雲の如し、須臾(しゅゆ)にして変滅す」（この身は浮雲のようなものだ。あっという間に消滅する）の句を詠み込んだもの。王朝文化最盛期の筆頭文化人、藤原公任の作で、中世以後も大きな影響を与えた。この身が雲になる、というのは、亡骸(なきがら)が火葬されて立ちのぼった煙が雲になる、という観念に基づいている。よるべない雲を我が身によそえている自分自身も、遠からず雲になる。そして消え去る。なんとはかない。そしてなんと安らぐことか。悩みも自意識も未来への執着も、ほんのかりそめのものなのだ。雲がそんな思いへと促す「果て」と我とをつないでいる。

では、

鷲（わし）の山へだつる雲や深からん常にすむなる月を見ぬかな
（後拾遺集・雑六釈教・一一九五・康資王母（やすすけおうのはは））
（霊鷲山（りょうじゅせん）を隔てる煩悩（ぼんのう）の雲が深いからであろうか、常に澄む月、常住の釈迦が見えないのだよ）

のように、煩悩・迷妄の比喩としての雲はどうなのだ。これも美だと強弁できるのか。この歌は、『法華経』のクライマックスである、如来寿量品（にょらいじゅりょうぼん）第十六の趣旨を歌にしている。私（仏）が入滅したと見えたのは、ひたすらなる信心へと導くための方便力（ほうべんりき）によるものであって、私は不滅で常に霊鷲山に存在する。そう仏は語る。だとすれば、煩悩の雲とはいっても、これは自分がそうしたというより、まさに仏の力によってそのように仕向けられたことになろう。欲望や痴愚（ちぐ）に心が曇るのは、まさに仏のいます証しだと、悦んでさえよい。曇るからこそ、月は神聖さを帯びて美しい。

　神様だって、雲と親しい。

ひさかたの天（あめ）の八重雲（やへぐも）ふり分けてくだりし君をわれぞ迎（むか）へし

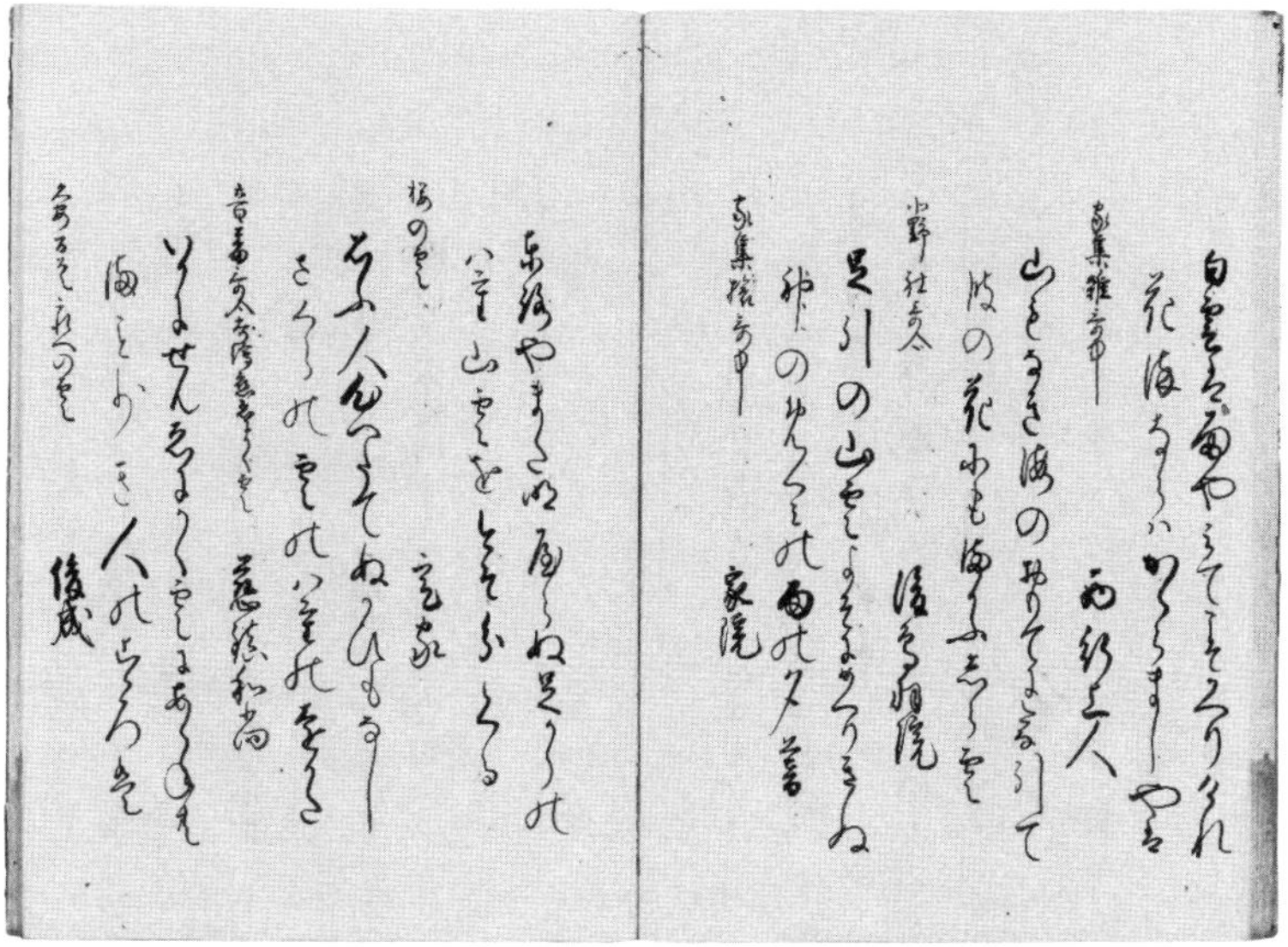

図３　『夫木和歌抄』国立公文書館内閣文庫所蔵本　巻第十九雑部一　雲の分類標目で13首、次いで「しらさ雲」「白雲」「桜の雲」「絵にかく雲」等の標目で46首を集成する。

（新古今集・神祇・一八六六・紀淑望）

（幾重もの雲をかき分けて天降ったニニギノミコトを私猿田彦がお迎えしたのだ）

と、「日本紀」（日本書紀のこと）を題材に取りながら、天孫降臨の物語の舞台装置となっている。雲を仰げば、天照大神の子孫がこの地上に降り立つ光景に、いつでも立ち合うことができる。

以上のように雲は、和歌の主要な題材に次々と寄り添い、主役を引き立てている。これほど万能な名バイプレーヤーを他に知らない。

いやいや、雲が堂々と主役になることだってある。鎌倉末期から南北朝時代前半にかけて、すい星のように現れて消えた京極派と呼ばれる歌人たちは、雲の描写に長けていた。彼らによる彼らのための勅撰集と呼んでよい『風雅集』から引いておこう。

窓ちかき軒ばの峰は明けそめて谷よりのぼる暁の雲

（風雅集・雑中・一六三一・親子）

（窓の軒端から近くに見える峰が明け始めるや、それに応じるかのように、まだ暗い谷あいからのぼってくる暁の雲よ）

京極派の真骨頂は、しばしば動的な自然描写にあるといわれる。雲は格好の素材である。この歌でも、暗から明へ、谷から山へ空へと動いてゆく。肝心なのは、曙光と雲の立ち現れとが呼応していることだ。雲は夜に谷あいに沈み、朝に山をのぼってくると考えられていた。そこに自然をつかさどる至高の理――「天地の心」などと伏見院は言っている（岩佐美代子『あめつちの心――伏見院御歌評釈』、笠間書院、一九七九年）――の発現を見ているのだろう。描写的でありながら、重厚なまでに思想的である。ここで私たちは、ようやく気づくことになる。美とは、思想的に形成されるものなのだと。でなければ、それは一瞬の感覚の迷いとして、意識の外の闇へと消えていくだろう。

雲のさまざまなるを見て

波となり小船となりて夕暮の雲の姿ぞ果ては消え行く

（夕暮れ時、雲の形は波となったり小船となったりして漂うが、最後には消えて行く）

（六帖詠草（ろくじょうえいそう）［小沢蘆庵（おざわろあん）］・七六九）

思ったままを歌えと、「ただこと歌」を唱えた小沢蘆庵だが、何も言葉を度外視しているわけではない。波を雲に喩えるのは古くより見られるし、舟のたとえもそれほど多くはないが、存する。しかも波と舟はそれぞれに、そして二つを組み合わせた船の航跡の波さえも、消えゆくイメージと相性がいい。雲をさまざまなものに喩えて遊ぶ童心。ここには消えてなくなってからはじめて知る、人の心の無垢が託されていると見たい。二度と取り返せないものへの哀惜。雲はそういう思いを誘発する。

和歌だけをとっても、これだけ幅広く使われている。種々の性格の複雑な集合体なのだろう。そして、日本語の美意識の形成に、深く関与している。

二▼『万葉集』の雲

雲は邪魔物か

さて、雲は美しいか、などという問いかけを発しておきながら、現存最古の歌集『万葉集』を開くと、いきなり困った事態となる。

三輪山をしかも隠すか雲だにも心あらなも隠さふべしや　（巻一・一八）

（三輪山をそんなにも隠すのか。せめて雲だけでも思いやりがあってほしい。隠してよいものか）

いうまでもない、近江遷都▲の際、大和を去ろうとする一行の気持ちを代表し額田王が詠んだ歌として、あまりにも有名である。ただしこの歌の左注（歌の後ろに記された注記）には『類聚歌林』に天智天皇の歌というとあるから、天皇の身になって、と見なすことも可能だろう。長歌の反歌であり、長歌でも「……しばしばも　見放けむ山を　心なく　雲の　隠さふべしや」（幾度も眺めたい山なの

近江遷都　天智天皇六年（六六七）、天皇は遠く畿外の近江大津宮に遷都した。

「だに」で……　神野富一『万葉集の歌人と作品12　万葉秀歌抄』。

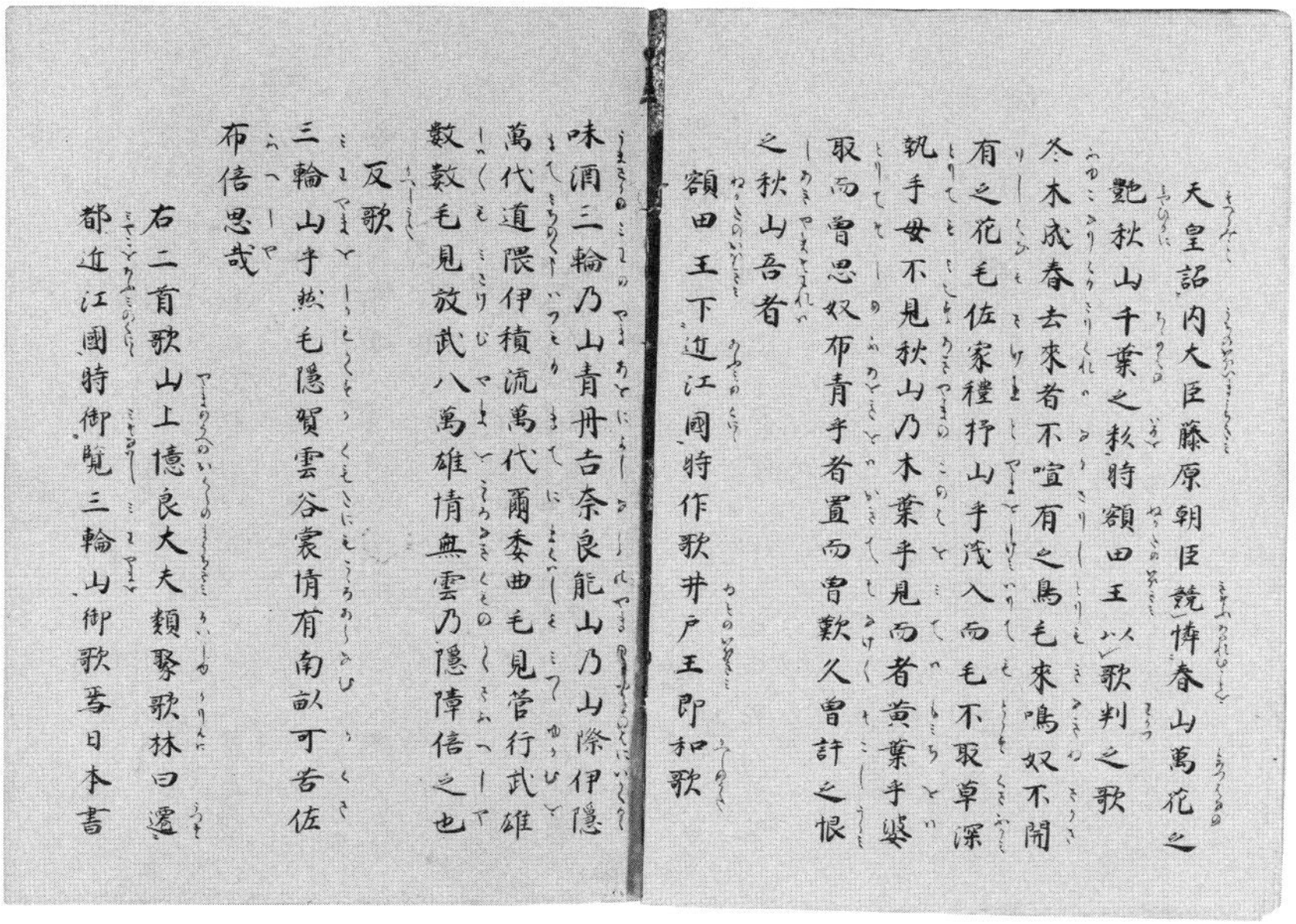
天皇詔内大臣藤原朝臣競憐春山萬花之
艶秋山千葉之彩時額田王以歌判之歌
冬木成春去來者不喧有之鳥毛來鳴奴不開
有之花毛佐家禮杼山乎茂入而毛不取草深
執手母不見秋山乃木葉乎見而者黄葉乎婆
取而曽思奴布青乎者置而曽歎久曽許之恨
之秋山吾者
額田王下近江國時作歌井戸王即和歌
味酒三輪乃山青丹吉奈良能山乃山際伊隠
萬代道隈伊積流萬代爾委曲毛見管行武雄
數數毛見放武八萬雄情無雲乃隠障倍之也
反歌
三輪山乎然毛隠賀雲谷裳情有南畝可苦佐
布倍思哉
右二首歌山上憶良大夫類聚歌林曰遷
都近江國時御覧三輪山御歌焉日本書

図４　国文学研究資料館所蔵『万葉集』巻第一　末尾の２行が左注（部分）である。

に、無情にも雲が隠してよいものか）と締めくくっている。

「雲だにも」は、「だに」が下の願望の「なも」と呼応していて、「せめて雲だけでも」の意を表す。当然、雲はずっと見ていたい三輪山をいたずらに隠してしまう、心ない邪魔物となる。では、額田王は雲に否定的なのだろうか。違う、と思う。「だに」で想定されているのは、神だ、という▲説を支持したい。三輪山は神の山である。神はもちろん人の意のままにはならない。だがせめてそのしもべのごとき雲なら、人と意思疎通ができるかもしれない。雲は、神と人の中間にいる。そして、神はそもそも人間の目には見えないものなのだから、山への視界を遮る雲によって、三輪山の神聖さはいよいよ明らかになると考えてみよう。隠された三輪山は、人々みなの追想の中に輝く。雲は、隠すことで神を神らしく立ち現す媒介なのだ。

雲は、つなぐ

もう少し実例を見てみよう。『万葉集』と一口にいっても、その中で雲はさまざまな用いられ方をしている。問題点をわかりやすく示すために、見えなくしたり消えたりする雲と、現したり現れたりする雲とを取り上げてみたい。

雲は、死や消滅など、無常のイメージと親和的である。もとより「雲隠る」といえば、死そのものを表す。例えば「照る月の雲隠るごと」（巻二・二〇七・柿本人麻呂）といえば、死を月が「雲隠る」ことに喩えている言い方である。しかしそれだけではない。

秋津野に朝居る雲の失せ行けば昨日も今日もなき人思ほゆ　（巻七・一四〇六・作者未詳）

（秋津野に朝かかる雲が消えゆくと昨日も今日も亡き人が思われる）

雲は火葬の煙を思わせ、それゆえ死者を想起させる。「失せ行けば」という言い方も、死を連想させる。二重に死と結びつくのである。

白雲の絶えにし妹をあぜせろと心に乗りてここば悲しけ

（白雲のように仲の絶えたあの子が、どうしろというのか、心に乗り込んできて、
こんなにもいとしい）

（巻十四・三五一七・作者未詳）

「白雲」は「絶ゆ」に比喩的にかかっている。この場合の「絶えにし」は二人の関係が途絶えたこと。なるほど、絶えることは消えることと同類といってよい。たしかに雲は途切れたり消えたりするものだ。「天雲の　別れし行けば」（巻九・一八〇四・田辺福麻呂歌集）など、「別れ」にかかる枕詞となる用法なども含めてよいだろう。これらの、死や消滅や別離と関わる雲は、平安時代以降の文学にも、つながっていく。

ところが逆に、遠くにいる人物を現し出すという働きもある。

我が面の忘れむしだは国溢り嶺に立つ雲を見つつ偲はせ

（巻十四・三五一五・作者未詳）

（私の顔を忘れそうな時には、国中の峰に立つ雲を見ては偲んでください）

面形の忘れむしだは大野ろにたなびく雲を見つつ偲はむ

（巻十四・三五二〇・作者未詳）

（お前の顔を忘れそうな時には、広い野の果てにたなびく雲を見て偲ぼう）

雲を見て、逢いたくて逢えない人を偲ぶという発想があったことがよくわかる。雲は恋い偲ぶよすがになるわけだ。

よすがというと、たんに想像しているだけのようだが、強い思いさえあれば、はたして現実に見えてくるのであった。

遠くありて雲居（くもゐ）に見ゆる妹（いも）が家（いへ）に早く至らむ歩め黒駒（くろこま）

（巻七・一二七一・柿本人麻呂歌集）

（遠くにあって雲のあたりに見える妻の家に早く行こう。さあ歩め、わが黒駒よ）

ま遠くの雲居に見ゆる妹が家にいつか至らむ歩め我が駒

（巻十四・三四四一・作者未詳）

（遠くの雲のあたりに見える妻の家にいつたどり着くのか。さあ歩め、わが駒よ）

類歌（共通の発想・表現を持つ歌）に当たるこの二首では、「妹が家」が「雲居に見ゆる」と歌っているが、もちろん、実際に見えているわけではない。「雲のかなたにあるだろう」というべきところである。しかし恋人の家を思う気持ちがあまりに強いために、ありありと目に浮かんでいるのである。つまり、「雲居」の語は、見えないものを目に見えるようにしているといってよいだろう。雲は、不可視のものを可視化する仕掛けなのである。かなたの漠としたものであるだけに、追想そのものに置き換わりやすいというべきか。

さらに、雲は遠く離れた人と自分とを結びつける存在でもある。

ひさかたの天飛(あまと)ぶ雲にありてしか君を相見(あひみ)むおつる日なしに

(巻十一・二六七六・作者未詳)

(天空を飛ぶ雲になりたい。一日も欠かさずあなたに逢えるように)

雲になれば、遠くにいる恋人にも毎日会いに行けるのである。

天雲(あまくも)の行き帰りなむものゆゑに思ひそ我(あ)がする別れ悲しみ

(巻十九・四二四二・大納言藤原家)

(天雲のように行って帰ってくるものなのに、私は思い悩む、別れが悲しくて)

雲はあっという間に行って帰ってくることができるものなのだった。

風雲は二つの岸に通へども我が遠妻の言そ通はぬ（巻八・一五二一・山上憶良）

（風や雲は天の川の両岸を自由に行き来するが、遠くにいる妻とは言葉を交わせない）

国遠み思ひなわびそ風のむた雲の行くごと言は通はむ

（巻十二・三一七八・作者未詳）

（故郷が遠いからといってそんなにしょげないでください。風に吹かれて雲が行くように、手紙なら通じ合うでしょう）

み空行く雲にもがもな今日行きて妹に言問ひ明日帰り来む

（巻十四・三五一〇・作者未詳）

（お空を行く雲であったらなあ。今日行ってあの娘と語り合い、明日には帰って来られるのに）

この三首のように、雲は言葉を通わすことを可能にするものの象徴だった。つまり、使いだと見なされたのだ。

み空行く雲も使ひと人は言へど家づと遣らむたづき知らずも

（お空を行く雲も使いだと人は言うが、家への土産を送る手立てなどわからない）

（巻二十・四四一〇・大伴家持）

離れ別れゆくことと、つなぐこと。ずいぶん違うように思われるが、実はさほど距離があるわけではない。いま挙げた四首をよく見ると、すべて雲のようには行き来することも、言葉を通わすこともできない、という文脈で使われている。雲には、しげく往来するイメージがたしかにあるけれども、しかし同時に、それがけっして叶えられないという諦念をも呼び起こすのだった。だとすれば、離れたり別れたりする性質と、それほど径庭はない、というべきだろう。はるか遠くを行く雲は、どういう状況においても、人間の自由になるものではないのだ。

雲は人の介入を峻拒する遠い高みにあり、目印になるかと思えば、漠然としていて常に流動し、消え去っていく。だからこそ人はそこにはかない願いを託したくなる。つながらない関係をつなげてほしいと。

三▼平安時代へ――変貌する神女

雲の通ひ路

空の果てまで続く雲のように、雲をめぐる形象は、平安時代にもあまたの文献に登場する。まず手始めに、次の一首に注目してみよう。

五節の舞姫を見てよめる　良岑宗貞

天つ風雲の通ひ路吹きとぢよ乙女の姿しばしとどめむ

（古今集・雑上・八七二）

（大空の風よ、雲の通路を吹き閉ざしておくれ。少女たちの姿を少しの間でもここに留めておきたいから）

『百人一首』の僧正遍昭の歌として、よく知られている。作者名に、遍昭の俗名の良岑宗貞とあり、彼が出家する嘉祥三年（八五〇）より前、朝廷に使える俗人であった時に詠んだものとわかる。彼は蔵人として近く仕えた仁明天皇の逝去

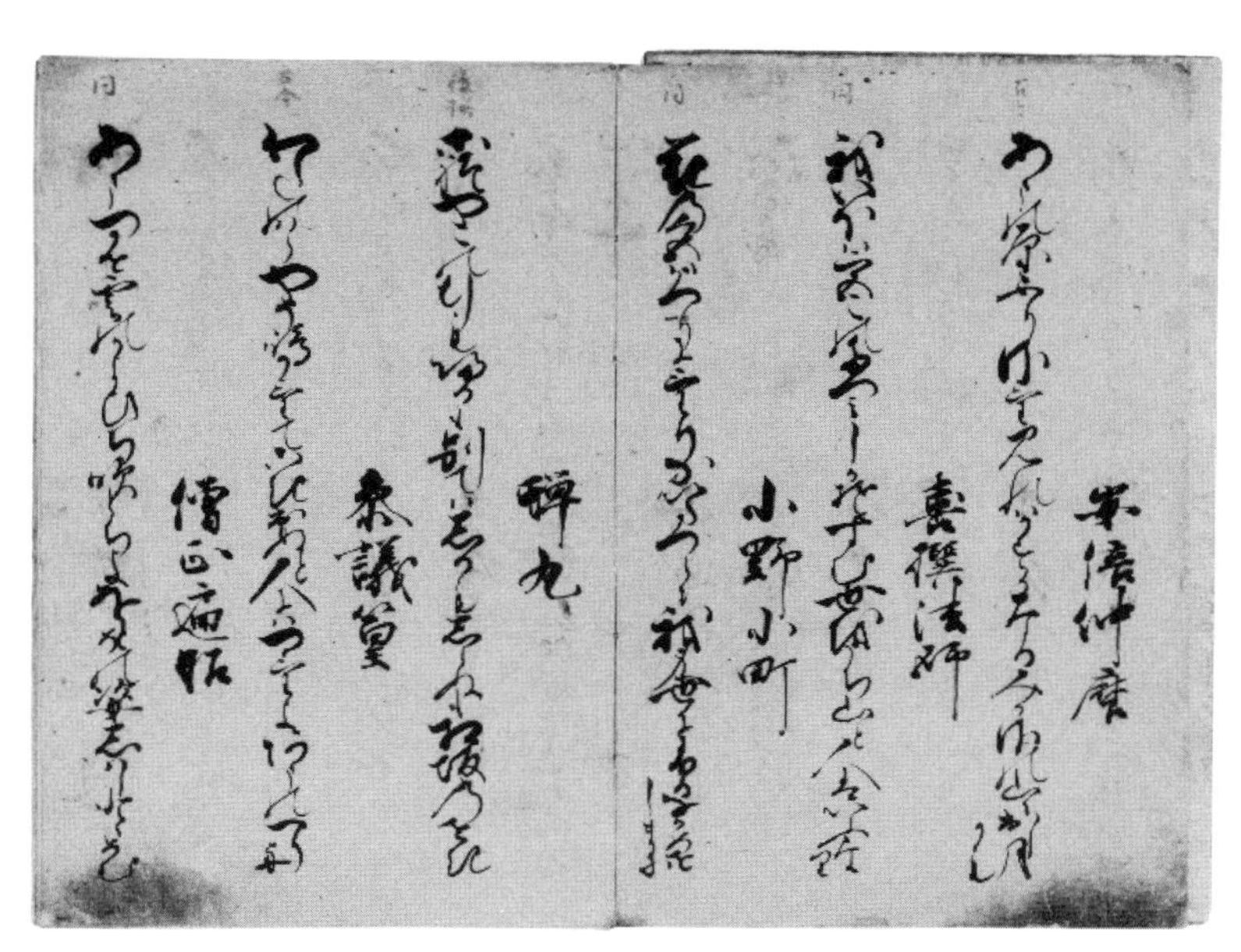

図５　国文学研究資料館蔵『百人一首』 延徳４年（1492）、堯恵書写本。古写本に恵まれない『百人一首』の伝本の中では古いほうに属する。「詠歌大概」『秀歌体大略』と合写。

に伴って得度したのであった。「五節」は、新嘗祭・大嘗祭の前の四日間にわたって行われる宮廷儀礼である。さまざまな行事が催されるが、「五節の舞」はその一つで、それを舞う少女たちを「五節の舞姫」という。この舞姫たちは、公卿・国司の未婚の子女が担当した。容易には見られない深窓の姫君たちの姿と舞を、禁裏の奥で目にしえた興奮が、とてもよく伝わってくる。個人的な感想としてだけではない。五節は王権を直接に飾りたてる宮廷儀礼なのだから、その中心にいる舞姫を褒め称えることは、天皇を礼賛することにほかならない。いわば、公的な心の高ぶりが詠まれているのだ。

さて、ここで問題にしたいのが、二句目の「雲の通ひ路」である。いったいどういうものであろうか。現代の注釈書でしばしば登場するのが、「雲の中の道」という訳語である。現代語で雲の中の道といったら、雲がたくさんある中をかき分けるようにして進む道、とも受け取られるし、ひょっとして雲の中にトンネルのような穴が開いている（？）などと想像する人もいるかもしれない。何を隠そう、私が昔そうだった。あるいはまた雲が通る道と捉える解し方もある。天女が雲に乗って天上と地上を往来するというイメージを前提としている。『竹取物語』の天人たちが、かぐや姫を迎えに来た時のように。

「吹きとぢよ」をヒントにしてみよう。そもそも「吹き閉づ」などという言葉は、おかしい。「吹きはらふ」とか「吹き散らす」とか、風が吹けば雲など去って行ってしまうものだろう。では「閉づ」を雲に使わないかというとそんなことはなくて、雲で覆われた空を「空閉ぢて」などともいう。しかし「吹き閉づ」という言葉は遍昭以前には見いだしがたい。矛盾しかねない表現で面食らわせることにこそ、遍昭の意図があったように思う。「吹きとぢよ」は言葉の上だけで成立している歌詞だろう。雲は風に吹かれるもので、また雲は空を閉じるもの。また内裏を九重（ここのえ）という。垣や門で九重に閉じられているからである。「八重雲」という語が、先ほども出てきた。雲は、幾重にも重なるものだ。遍昭よりは後の例となるが、

白雲の九重に立つ峰なれば大内山（おほうちやま）といふにぞありける　（大和物語・三十五段）

（白雲が九重にも立つ峰だから、「大内」という名を持つ山なのだ）

は、内裏の意の「九重」と「大内」を、「大内山（現在の京都市右京区にある山）の幾重もの雲」に重ねている。そもそも、宮中のことを「雲上」「雲の上」というように、内裏と雲は切っても切れない。

しかし、どうやらそれだけではない。五節に舞姫たちを、何とか人目から遮断しよう、閉ざし隠そうとする蔵人が登場する文章があった。また『枕草子』に登場してもらおう。時代は遍昭から一世紀半ほど下るけれども。「内裏は五節のころこそ、すずろにただなべて見ゆる人もをかしうおぼゆれ」で始まる章段（角川ソフィア文庫本で第八十八段）である。

清少納言は、五節の時分に宮中の面目が一新される様子を描いた後に、こう語りだす。

帳台(ちやうだい)の夜、行事の蔵人の、いときびしうもてなして、かいつくろひ、二人の童女(わらは)よりほかには、すべて入(い)るまじと、戸をおさへて面(おも)にくきまで言へば、殿上人(てんじやうびと)なども「なほこれ一人は」などのたまふを、「うらやみありて、いかでか」などかたく言ふに、宮の女房の二十人ばかり、蔵人をなにともせず、戸を押しあけてさめき入れば、あきれて、「いと、こは、ずちなき世かな」とて立てるもをかし。

（帳台の試みの夜、進行役の蔵人がひどくガミガミ言って、理髪の女官と二人の童女以外は誰一人として入ることまかりならぬと、戸を押さえて憎たらしいほど言うので、殿上人も、「まあこの女房一人ぐらいは」などと言ってくださるのに、「羨む人が出てくるので、絶対いけません」などと頑なに言うのだが、中宮の女房二十人ほどがこの蔵人をものともせず、戸を押し開けてどやどやとなだれ込んだので、あきれ顔で「なんとまあ、無茶なことを」と手を束ねて立っているのもいい）

五節の丑の日、帳台の試み、すなわち常寧殿で行われるリハーサルの夜、関係者以外をシャットアウトしようとする進行役の蔵人と、それをものともせずなだれ込む女房たちを活写している。それだけ関心が高かったことがわかるが、遍昭すなわち良岑宗貞が、仁明天皇の蔵人であったことをも想起しておきたい。番人の役目を仰せつかったこともあったかもしれない。

これは五節の初日、丑の日のことであるが、その翌日寅の日の「御前試▲」について、『雲図抄▲』は図6のように図示している。その注記の中で、「舞姫参上の後、上戸・右青瑣門、皆以てこれを閉づ」とあることに注目しよう。舞姫が参上

御前試　五節の寅の日、天皇が清涼殿で舞姫の舞を見る儀式。

『雲図抄』　一一一〇年代後半頃の儀式書。藤原重隆（親隆とも）著。清涼殿の儀式を図示している。

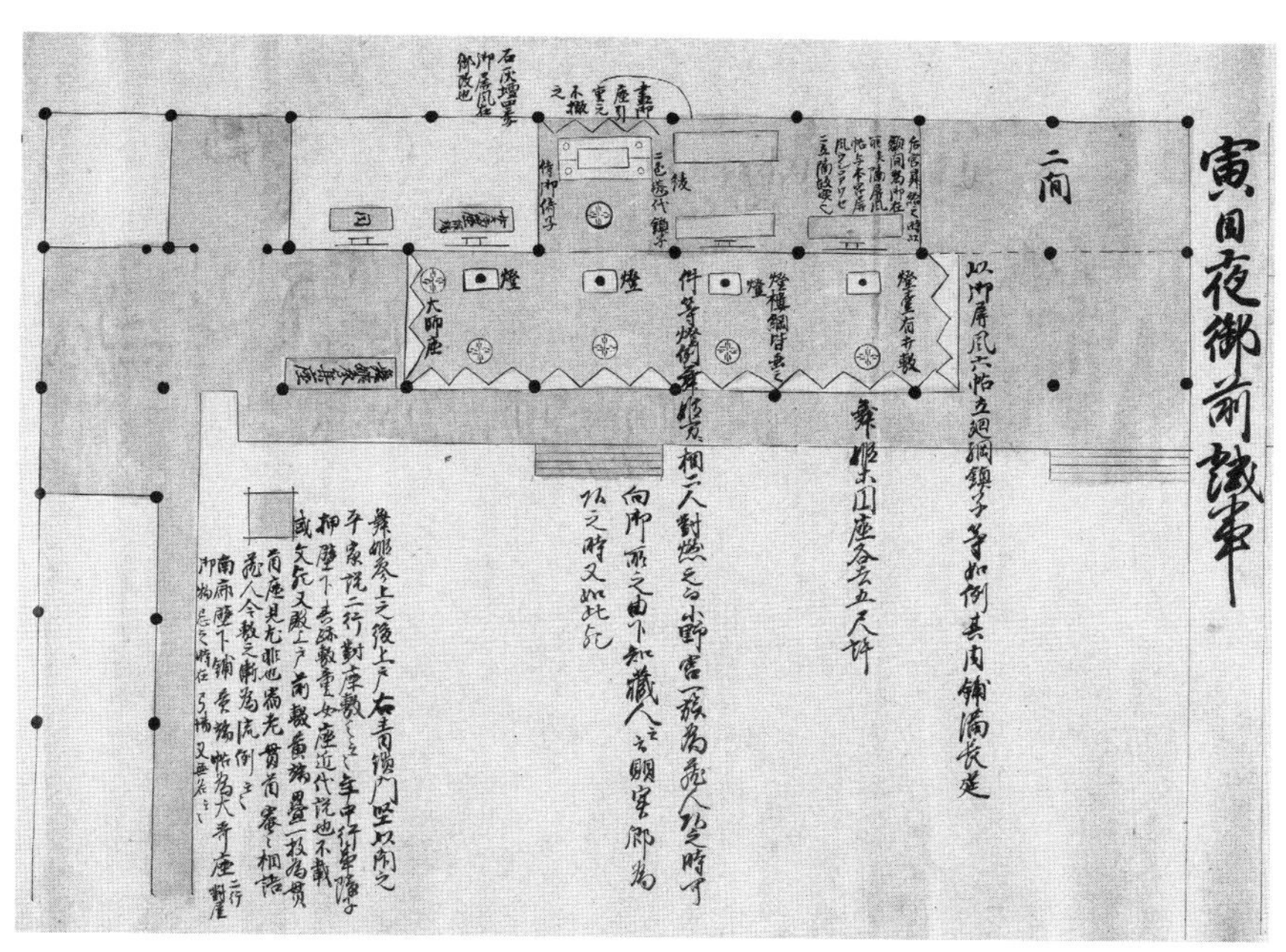

図６　国文学研究資料館所蔵『雲図抄』 巻子本二軸　６帖の屏風で取り囲まれていることに注目したい。引用部分は左下の１行目にある。

した後には、清涼殿殿上の間の出入口となる上戸・右青璅門を閉じることがわざわざ記されている。五節の舞に付随するこの「閉じる」印象が、遍昭が「吹き閉づ」を用いた要因の一つになっているのではないだろうか。だとすれば、「吹き閉ぢよ」に込められた思いは、天上世界への帰り道を絶つことに重ねて、舞姫たちをこの清涼殿の空間に閉じ込めることをも含み込んでいる、といえようか。つまり「雲」は、清涼殿殿上の間そのものということになる。雲は神のいる天上世界へと思いを馳せさせるものであるとともに、今ここにいる天皇の空間でもある。つまり、雲こそ地上と天上の「通ひ路」そのものなのだ。

閉じる存在でありながら、つなげる機能を果たす。実に鷹揚で、融通無碍な存在である。不定形で流動的な雲ならば、そんな離れ業も可能だということかもしれない。それにしても、雲と天人や天女などがつながりうる道筋を確かめなくてはならない。もちろんつながるだけなら無数の言葉がつながりうる。何らかのリアリティを携えてつながっていなくては、主役の美を輝かせることだってできないだろう。雲の内包する世界を、もう少したどってみよう。

舞姫と「高唐賦」の神女

天つ風雲の通ひ路吹きとぢよ乙女の姿しばしとどめむ

再び遍昭の歌に登場してもらおう。この歌について、十二世紀に活躍した歌学者顕昭(けんしょう)は、次のような注釈を残している（現代語訳で要のみ記す）。

五節の舞は浄御原(きよみはら)天皇（天武天皇）が定めたものである。相伝によれば、天皇が吉野の宮にお出ましになり、弾琴の宴があり、とても盛り上がった。突然前の山の麓から雲が湧き上がり、まるで高唐の神女のごとく人となった。そして「髣髴として」（おぼろに）曲に合わせて舞った。天皇にだけ見えて、他の者には見えなかった。

（顕昭『古今集註』）

『文選』　六世紀前半に成立。約千年間の美文約八百編を三十巻に編集してある。

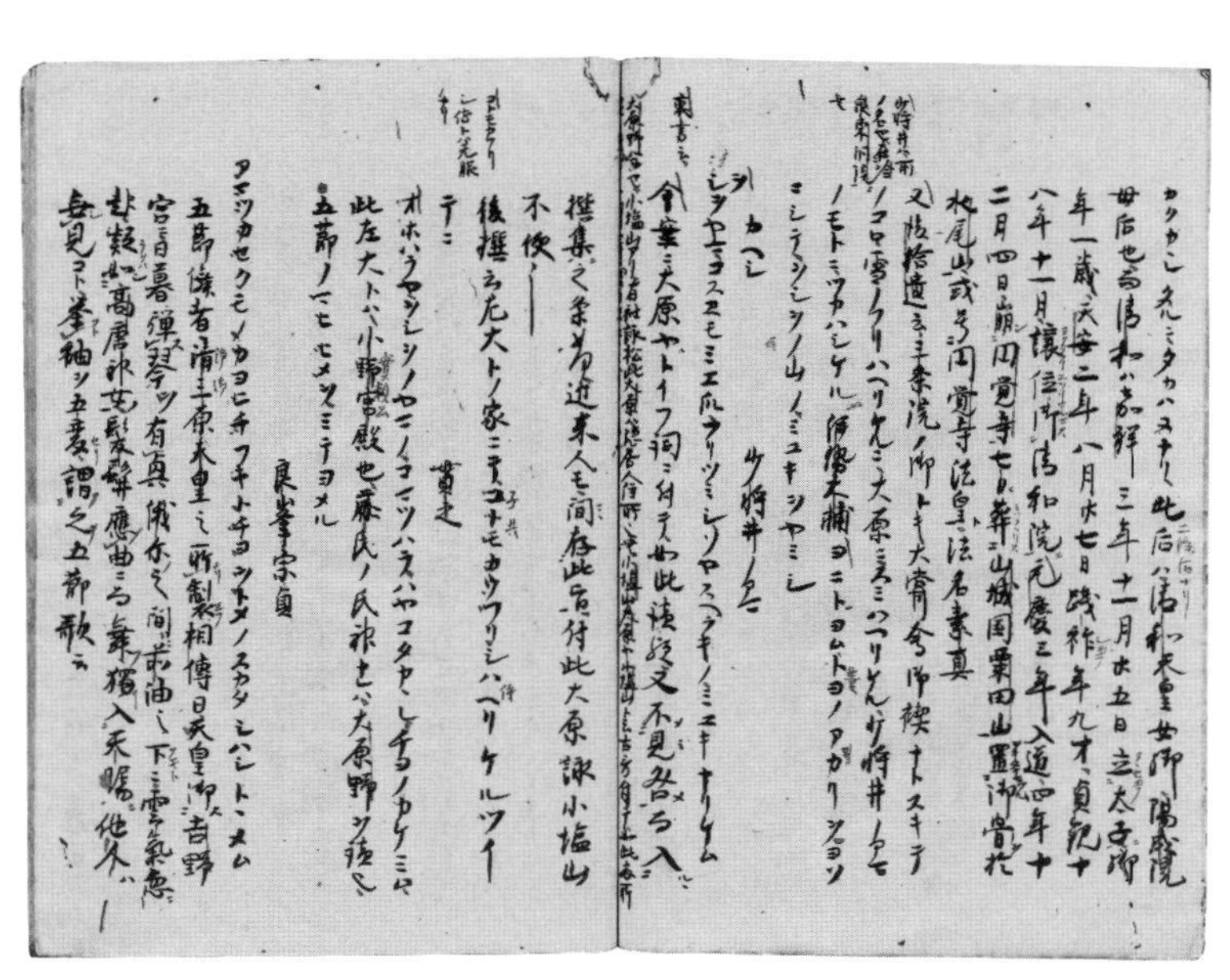

図７　国立公文書館内閣文庫所蔵『顕昭古今和歌注』（顕昭『古今集註』）　文治元年（1185）成立。『日本歌学大系 別巻四』所収「古今集注」の底本にもなった古写本である。

博識で鳴る顕昭は、天武天皇の御代の五節の舞姫の起源を語る伝承を引用している。湧き上がった雲が、「まるで高唐の神女のごとく」人となり、霊妙な姿で舞った、というのである。すなわち、『文選』▲の「高唐賦」「洛神賦」に登場する神女と五節の舞を深く関わるものとする言説が、「相伝」というほどに明確なものとして平安時代に存在した、ということになる。

ここで、『文選』の「高唐賦」を確認しておきたい。

昔者楚の襄王、宋玉と雲夢の台に遊ぶ。高唐の観を望むに、其の上に独り雲気有り。崪として直ちに上り、忽として容を改む。須臾の間に、変化して窮まり無し。王玉に問ひて曰く、此何の気ぞと。玉対へて曰く、所謂朝雲なる者なりと。王曰く、何をか朝雲と謂ふと。玉曰く、昔者先王嘗て高唐に遊び、怠りて昼寝ぬ。夢に一婦人を見るに曰く、妾は巫山の女なり。高唐の客為り。君の高唐に遊ぶを聞く、願はくは枕席を薦めんと。王因りて之を幸す。去りて辞して曰く、妾は巫山の陽、高岳の阻に在り。旦に朝雲と為り、暮に行雨と為る。朝朝暮暮、陽台の下にありと。旦朝に之を視るに言の如し。故に為に廟を建て、号して朝雲と曰ふと。

（昔、楚の襄王は、宋玉を供として雲夢の台に遊び、高唐の楼観を眺めた。見れば、その楼観の上にだけ雲が湧き起こっており、高くまっすぐに立ち上ったかと思うと、突然形を変え、短時間のうちに限りなく変化していった。王はそれを見て宋玉に向かい、「これは何の気か」と尋ねると、宋玉は「朝雲と呼びならわされているものです」と答えた。王は「朝雲とは何のことか」と尋ね、宋玉はこう答えた。「昔、先王が高唐の楼観に遊ばれた時、お疲れになって昼寝をされていると、夢の中に婦人が現れ、「私は巫山の山頂に住む娘ですが、麓の高唐観に滞在しております。王様がこちらにお出かけと聞きましたので、寝所にお仕えしたいと思って参上しました」と言ったそうです。そこで先王は、この女性を愛されたのですが、女性は去るに当たって、「私は巫山の南の、険しい嶺の頂に住んでおります。朝は雲となり、夕べは雨となり、朝な夕な、この楼台のもとに参るでしょう」と述べた。朝になって、先王が巫山の頂を眺められると、言葉の通り雲が湧き起こっていました。そこでこの神女のために廟を建てられ、朝雲廟と名づけられたのです」）

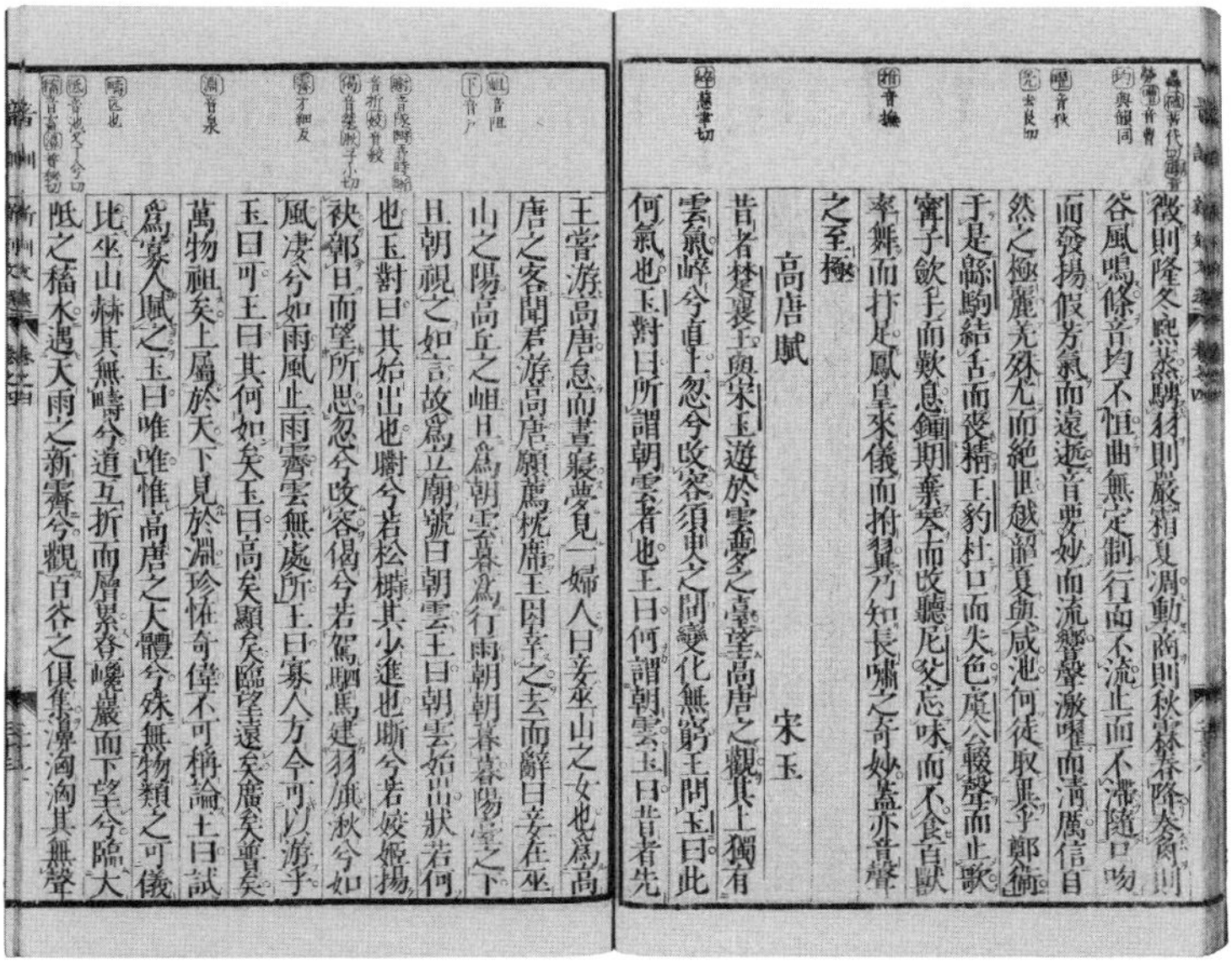

図８　国文学研究資料館所蔵高乗勲文庫『新刻文選正文音訓』　嘉永５年（1852）万屋忠蔵梓の後印。

本文・訓読・現代語訳いずれも高橋忠彦著『新釈漢文大系　文選（賦篇）下』（明治書院、二〇〇一年）に従っている。「高唐賦」の序に当たる部分の前半部を引用した。日本文学にあまりにも大きな感化を与えた文章である。宋玉が「高唐賦」を作るに至る経緯を、臨場感をもって簡潔に語っている。先生（懐王）が夢で神女と交情し、別れた後、神女は朝の雲、夕方の雨に化身したという話であるが、やはり雲の方に力点があるようだ。これに続く後半もまた忘れがたい。要のみ示す。襄王と宋玉の対話である。

「朝雲が現れる時は、どんな形なのだ」「現れるや、松のようにまっすぐにそそり立ち、やがて明るくたなびいて、美女が袂をあげて遠くを望むよう。すぐに変化して疾走する馬車のようになる。涼しい風かと思えば、冷たい雨のごとくとなる。風雨がやむと、どこにもいません」「どんな場所だ」「高く、眺望がきいて、広く、大きく、万物が生まれる所です。上方は天に続き、下方は深淵に臨みます。珍奇な物もあふれています」

変幻自在で生滅はかりがたい雲。朝雲の起こる場所は、「万物の祖」（あらゆる物の始原）であるという。

同じく『文選』賦篇の「情」に収められた「神女賦」「洛神賦」も、この「高唐賦」を継承する作品であるが、これらがさらに別の作品や表現とも絡み合って、漢文・和文を問わずわが国のさまざまな表現を生み出した。平安時代における、雲と「高唐賦」の広がりとして、まず『続浦島子伝記（ぞくうらしまのこでんき）』を覗いてみよう。

『続浦島子伝記』――雲の文学として

平安時代、『続浦島子伝記』という漢文体の作品が生まれた。すでにあった「浦島子伝」を延喜二十年に増補し、さらに承平二年、坂上高明によって手が加えられたと記されている。十世紀の前半ごろに、「浦島伝のリニューアルが何次にもわたって重ねられ」るほど、「この題材は熱烈な狂騒の渦中にあった▲」という。誰もが知るあの浦島の物語が、漢学者の手で育てられていたことになる。す

「浦島伝の……　渡辺秀夫『かぐや姫と浦島――物語文学の誕生と神仙ワールド』（塙書房、二〇一八年）。

でに『日本書紀』『丹後国風土記』――ただし逸文で知られるのみ――『万葉集』の中にも、浦島の話はあったのであるが、一応この『続浦島子伝記』は作品として自立した形をとっている。いま取り上げたのは、この物語において「雲」が重要な役割を担っているからである。ひとまず粗筋をたどろう。

どこの人かはわからぬが、昔、浦島子という三百余歳の仙人がいた。秘術を学び、雲に乗って、[1]八方を飛び回ることができた。いつも釣船に乗って、澄江浦に遊んでいた。ある日、釣をしていたところ、霊亀を引き上げた。夢うつつの中、霊亀は絶世の美女に変じた。[2・3]朝雲暮雨と変化したあの巫山の神女かとも思われる。[4]島子がどこのだれかと問えば、私は蓬萊山の女で、あなたとは昔夫婦だったが、私は天仙となり、あなたは地仙となった。一緒に蓬萊宮へ行こうという。島子がうべなうと、わずかな眠りの間に万里を越えて蓬萊山のふもとに着いた。[5]ともに仙宮に入り、島子は仙人となった。[6・7・8]山は日もくらむほど高く、絶景が広がり、かぐわしい花々が咲き乱れていた。金殿玉楼のうちに二人は房技を尽くして睦み合い、宴に遊んだ。島子は方術を学び、仙薬を服して不老長寿となり、悠々自適の暮らしを送った。[9・10・11・12]

ある日神女（亀媛）はこう語った。「あなたの容顔は年とともにやつれてきている。遊宴を楽しみつつも、心の中では故郷を恋慕しているのだろう。還って訪ねてみてはどうか」と。仰せのままに、と島子が答えると、「あなたに大切な言葉を贈りましょう。美しいもの、快楽を誘う存在は命を縮めるので遠ざけなさい。そうすれば永遠の契りを全うし、再び会うことができましょう」という。そして、島子に、錦で包まれ、宝玉で結び閉じられた「玉(たま)匣(くしげ)」を与え、もし再会を願うなら、これを解き開いてはならない、と戒めた。綿々たる惜別の情を交わし、島子は帰り去った。

故郷の澄江浦にたどり着いてみると、地形すら変わり、荒れ果てていた。やっと衣洗う老婆に出会い、昔なじみのことを尋ねると、「私は百七歳になるが、島子という名は聞いたことがない。ただ古老の数百年来の口伝えに、水江浦島子という者が、舟に乗ったまま帰ってこなかったと聞いている」と答える。こうして島子は、仙洞に遊ぶうちに遥かに時世を隔てたことを悟り、悲しみで心が引き裂かれるようだった。悲しみと恋しさとに耐え切れず、思わず玉匣を開けると、紫の雲が出て蓬莱山を指して飛び去った。[13] 島子はたちまちに老人となり呆然として、神女との約束を違えて再会の機会を失ってしまったと嘆き、以後行方知れずとなった。後世の人は地仙、すなわち地上の仙人と呼んだ。

参考文献　本文中に挙げなかった主要な書籍を示す。

・坂口保『浦島説話の研究』（創元社、一九五五年）
・小島憲之『上代日本文学と中国文学 中』（塙書房、一九六四年）
・重松明久『浦島子伝』（現代思潮社、一九八一年）
・三浦佑之『浦島太郎の文学史——恋愛小説の発生』（五柳書院、一九八九年）
・後藤昭雄『平安朝文人志』（吉川弘文館、一九九三年）
・林晃平『浦島伝説の研究』（おうふう、二〇〇一年）

以万端之金玉誠嶋子曰若欲見再逢之期莫開玉
匣之緘言了約成分手辞去嶋子乗船如眠自皈去
忽以至故郷澄江浦尋不値七世之孫求只茂万歳
之松嶋子齡于時二八歳許也至不堪披玉匣見底
紫煙昇天無其賜嶋子忽然頂天山之雪乗合浦之
霜矣

續浦嶋子傳記
承平二年壬辰四月廿二日甲戌於勘解由曹局
注之坂上家高明耳
浦嶋子者不知何許人蓋上古仙人也齡（一有雖字）過三
百歳形容如童子為人好仙學奥（一作真）秘術也服氣
乗雲出於天藏之間陸沈水行閉於地戸之扉以天
為幕遊身於六合之表以地為席遣懐於八埏之垂
一天之蒼生為父母四海之赤子為兄弟形似可咲
而志難奪者也獨乗釣魚舟常遊澄江浦伴査郎而
陵銀漢迹見牽牛織女之星逐漁父而過汨羅親

図９　国文学研究資料館所蔵　群書類従版本　巻百三十五『続浦島子伝記』　冒頭の箇所。

私たちの知る浦島太郎の昔話とずいぶん違う。異界に遊び、故郷に戻ると長い年月が経っており、みやげの箱を開けると老人になってしまうという、大まかな筋立ては共通しているものの、「浦島子」が登場するなり三百歳を越える仙人だと紹介されるなど、話が違うしそれこそ筋が通らない、と文句の一つも言いたくなる。そのほか細かい違いを上げればきりがない。詳細は参考文献▲に譲って、ここではこの文章が詩的散文であり、ふんだんにレトリックをちりばめた文辞であることのみ確認しておくことにしよう。人物像やストーリーの辻褄（つじつま）を合わせることよりも、典故を踏まえることや、イメージを豊かに表現するための修辞が優先されているのである。おそらく作者は、さまざまな古い言辞を思い浮かべながら、その中で遊んでいるのであろう。読者である文人たちもそのような想起を楽しみながら読んだのだろう。そしてその興の趣くままに、改作者になることもあったろう。

それゆえ私たちは、雲という語・観念からどのような文学的連想が生み出されていたかを、漢文脈を中心として知ることができる。

文中の1〜13が雲の見られる箇所である。どう用いられているか、順に確かめてみよう。

1 気を服し、雲に乗り…渡辺秀夫『平安朝文学と漢文世界』（勉誠社、一九九一年）が「元気の精を飲み雲に乗ってあまがける」と訳すように、雲に乗って自由自在に移動しているさまを表している。

2 雲髪峨々として…髪が豊かに盛り上がっている、神女の形容である。「洛神賦」の「雲髻峩々として」を踏まえる。

3 繊軀雲と聳え、当に散るべくして暫く留まる…ほっそりして雲のように高く、今にも消えそうで消えない、という身体の形容。「高唐賦」を想起させる。

4 還りて疑ふ、巫山の神女の暮雨と朝雲とに化するかと…「高唐賦」の神女になぞらえている。

5 雲を蕩ひ…蓬萊山へと神女と島子が雲をかき分けて飛ぶ様子か。

6 雲を陵ぎて弥よ新なり…仙人としての志がますます高くなること。

7 其の山の状たらく、崔嵬として雲を穿ち…山が高大であるさま。

8 俯して雲雨を観る…雲や雨を見下ろすほど高いこと。

『古事談』　源顕兼編の説話集。一二一二―一二一五頃の成立か。

承平二年の……　前掲渡辺『平安朝文学と漢文世界』三八〇頁。

9　目を紫雲の外に遊ばし…仙宮にたなびく紫の雲の彼方を眺めること。

10　緱氏(こうし)の白鶴は雲を凌ぎて翔り集まり…仙人が鶴に乗って雲を越えてゆくさま。

11　淮南(わいなん)の雲中に鶏犬を望むより高く…島子の志の高潔なさま。

12・13　時に紫雲玉匣より出で、蓬山を指して飛び去りき・紫雲飛び去りし処老大忽ちに来り…玉匣を開くと紫雲が出て飛び去った・雲に去られた島子は忽ちに老いてしまった。

雲は仙人・仙女・仙宮にまつわる描写に用いられ、神仙世界を象徴するものであるかのようだ。その中に「洛神賦」や「高唐賦」の朝雲暮雨のことも織り込まれていることに注意しよう。また、仙女の身体の喩（2・3）となっていることなど、とくに覚えておきたい。艶めかしさを伴うのだ。そして仙界の表象を集約するかのように、最後に「玉匣」の中から「紫雲」が出現し、蓬萊山へと飛び去っていく。現代の私たちが玉手箱の煙と認識しているものが、ここではしっかりと異界と結びついている。『丹後国風土記』では「風雲に率(したが)ひて」、『万葉集』高橋虫麻呂の長歌（巻九・一七四〇）では「白雲」であるが、『古事談(こじだん)』▲（巻一―二）では同じく「紫雲」となっている。

『続浦島子伝記』には、承平二年の加注時のものかともいわれる、▲和歌と絶句一対となった十四組の歌・詩（浦島子各十首、亀媛各四首）が添えられている。そ

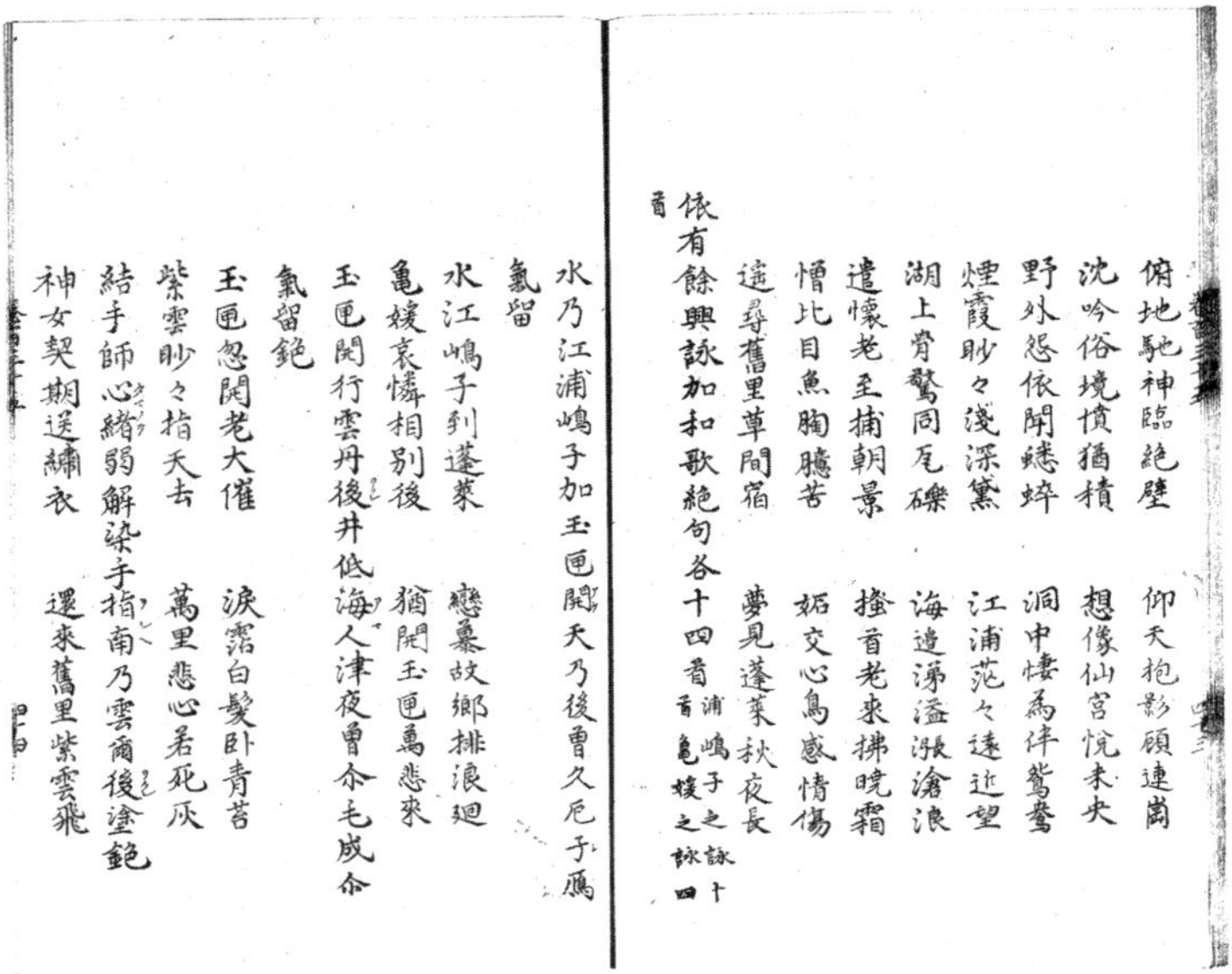

俯地馳神臨絶壁　仰天抱影顧連崗
沈吟俗境憤猶積　想像仙宮悦未央
野外惩依聞蟋蟀　洞中悽為伴鴛鴦
煙霞眇々淺深黛　江浦茫々遠近望
湖上脊鶖同瓦礫　海邊漭瀁潑滄浪
遣懷老至捕朝景　搔首老來拂曉霜
憎比目魚胸聽苦　妬交心鳥感情傷
遠尋舊里草間宿　夢見蓬莱秋夜長
依有餘興詠加和歌絶句各十四首　浦嶋子之詠十首　亀媛之詠四首

水乃江浦嶋子加玉匣開天乃後曽久尼予鴈氣留
水江嶋子到蓬莱　戀慕故郷排浪廻
亀媛哀憐相別後　猶開玉匣萬悲来
玉匣開行雲丹後井低海人津夜曽尓毛成尓氣留鉋
玉匣忽開老大催　涙露白髪卧青苔
紫雲眇々指天去　萬里悲心若死灰
結手師心緒弱解染手指南乃雲爾後塗鉋
神女契期送繡衣　還来舊里紫雲飛

図10　国文学研究資料館所蔵　群書類従版本　巻百三十五『続浦島子伝記』　和歌と絶句の箇所。和歌は万葉仮名風に記されている。

の中から雲を含んだ歌を挙げてみよう。まずは、浦島子の歌から。十首のうち半分に当たる五首に雲が詠まれている。

玉匣（たまくしげ）あけゆく雲に後（おく）れゐてあまつよそにも成りにけるかな
（美しい箱を開けるや飛び去った雲に取り残され、遥かに世界を異にすることになったよ）

和歌の第二句の「あけゆく」は、「明けゆく」と「開け行く」（開けたために飛び行く）の掛詞（かけことば）だろう。後者だけならかなり説明的な語句となるが、「明けゆく」の方は和歌的な情景になじむ。そして、「高唐賦」の朝雲をも響かせているのだろう。なかなかに練り込まれた表現だ。「後れゐて」は、『万葉集』にしばしば見える歌句で、死別にせよ生別にせよ、独法師（ひとりぼっち）で取り残された状態を表す。火葬の煙を思わせ、しかも仙女の形容に雲が用いられていたことと相まって、「あけゆく雲」は亀媛の化身かと思わせる。雲は、仙宮・仙女が遠く手の届かないものとなったことを見せつける。一方で二度と手に入らないものを偲ぶよすがとなる。どちらにしても、本来は見えないはずの異世界を可視化しているのだから、仙界と地上をつないでいるともいえる。

結びてし心緒（たまのを）弱み解けそめて指南（をしへ）の雲に後れぬるかな

（約束を交わした気持ちも、結んだ緒も弱まってほどけはじめ、導きの雲にも置いて行かれてしまった）

こちらも、前の歌と同様雲に取り残されると詠んでいる。「指南（をしへ）の雲」は仙女の戒めのことを表す雲であるとともに、浦島子を導くはずの雲の意をも含んでいるだろう。雲が仙界と地上とを結ぶ役割をもつことを、はっきりと示す言葉だといえよう。

逢（あ）ふことの雲ゐ遥かにへだつれば心ぞ空に思ひ成りぬる

（会うことは雲のように遥かに隔たったので、心も上の空になってしまった）

再会が遠く隔たったこと、すなわち二度と会えないことと、心も上の空（雲の縁語）になって惑うこととを、雲がつないで歌らしくしている。雲は、女との距離と、男の心情との双方を表す。現実には添い遂げられずとも、歌の言葉の中だけなら、二人はかろうじてつなぎとめられることになる。

恋しきに負けて雲ゐに成りぬるは結びし節（ふし）を違（たが）へつればや

（恋しさに負けて雲のように遠く離れ離れになったのは、結び目をほどいて約束を違えたからなのだろう）

これも仙女との距離の遠さを雲に喩えている。

わたの原波のしほりをたのめてやをしへの雲をまづやりてける

（大海の波を道しるべにでもあてにして、知らせの雲をまず放ちやったのか）

箱を開けて雲は去った。約束をしたのに開けたのだから、自ら進んで雲を仙界へと送りやった形になる。仙界へ戻る手引きが無くなるとも知らず。きっとあて

図11　国文学研究資料館所蔵『浦しま』一軸　奈良絵本の浦島太郎の最後の場面である。

にもならぬ波でも枝折（道しるべ）にしたのだろう、という自嘲のつぶやきである。「をしへの雲」は、「結びてし」の歌にすでに用いられていた。「しほり」は、群書類従本の表記では「塩里」（しほり）だが、「しをり（枝折・栞）」の意味である。ただし、表記からも「しほたる」（海水・涙でぐっしょり濡れる）などの「しほ」が掛けられていると見たい。あるいは「萎り」なのかもしれない。いずれにしても泣き濡れることになろうとも知らずに、という含意である。

では今度は亀媛の歌を見てみよう。四首中一首に「雲」が歌い込められている。

紫の雲の帰りを見るからになに我が袖の紅に染む

（紫雲が戻ってきたのを見たからといって、どうして我が袖は涙で紅に染まるのか）

紫雲は仙界にいる亀媛に、浦島子が約束を破ったことを悟らせる。めでたいのが通り相場の紫（雲）が、悲傷を表す紅

（涙）へと転じるところが味噌となっている。そして雲は帰ってきたが男は帰らないと、反語的に男の像につながっている。男の身代わりである。曖昧模糊とした雲は、そのような主客転倒をも可能にする。

いずれにしても雲は、はるか遠くの世界と地上を、つなぐ役目を果たす。

さて浦島子は、すっかり変わってしまった故郷を見て悲しみ、また仙界と仙女を想って悲しんだ。文字通り悲しみに引き裂かれて禁忌の「玉匣」を開き、紫の雲が飛び去るのを見送り、老い果てた。いったい彼にとって雲とは何だったのだろう。私は、雲は浦島子に幸福をもたらしたと思っている。なぜかと言えば、雲は、生々しい追憶を喚起し、彼をそれで満たしているだろうからである。故郷も仙界・仙女も、数百年前のことでありながら、つい先ほどのように思い出されていることだろう。数百年以前にも及ぶ中国古典が鮮度高く想起され、作者や読者の文人たちに楽しまれていることが、しっかりとその追想の幸福感を下支（したざさ）えしている。

登場人物に訪れる追想と、作者・読者が催す古典の想起とが分かちがたく入り混じっている。そう想像したくなるのは、冒頭の箇所のせいでもある。浦島子は、初めから三百余歳の仙人として登場してきていた。まるで仙人の記憶をたどる物語が始まり、終わればまた初めに回帰して、永遠に繰り返されるかのようではないか。少なくともさまざまな引用の言葉が溶け込みやすい、時系列に囚われない、詩的な表現構造と見てよいだろう。『続浦島子伝記』は、追想によって古典に幸福を見出していくあれこれの試みを示している作品だと思う。そうしてこの重層的な追想世界は、次の時代の表現の母体となっていく。

清少納言のまなざし

この「高唐賦」「神女賦」は、朝雲暮雨の故事を中心に、日本文学に大きな影響を与えた。先の顕昭の注に引用された「相伝」もその一つである。こうした足跡をたどるだけで一書をなす問題だが、ここでは雲と美という課題にそってのみ簡単にたどっていきたい。

美意識を誇る古典といえば、『枕草子』が思い浮かぶ人も多いだろう。同書に「雲は」という章段がある。

雲は　白き。紫。黒きも、をかし。風吹くをりの雨雲。明け離るるほどの、黒き雲のやうやう消えて、白うなりゆくも、いとをかし。「朝(あした)に去る色」とかや、詩(ふみ)にも作りたなる。月のいと明(あか)き面(おもて)に、薄き雲、あはれなり。

（角川ソフィア文庫・第二百四十段）

「八雲たつ」の……　源俊頼『俊頼髄脳』に「「八雲たつ」といふはじめの五文字は、その所に八色の雲の立ちたりけるとぞ、書きつたえたる」とあるなど。

白雲も紫雲も黒雲・雨雲も、そして明け方の黒雲が白くなっていくのも良い、という。あの有名な「やうやう白くなりゆく、山ぎはすこし明りて、紫だちたる雲のほそくたなびきたる」（第一段）に連続する美意識であることは明らかである。それにしても、多彩な雲が愛されているものだ。まるでさまざまな色合いに変化することに心惹かれているようだ。「八雲たつ」の「八雲」を「八色の雲」と解した平安時代の理解と、▲その緒がつながっているかと思う。ちなみに、この雲の類聚章段の少し前の「日は」の章段には、「薄黄ばみたる雲の、たなびきわたりたる、いとあはれなり」（第二百三十八段）ともあり、薄黄色の雲も好ましいとされる。なるほど、雲は色鮮やかに変化して美しい。芥川龍之介「答案」の「僕」の先蹤ともいえよう。

だが、注目したいのはそこではない。「「朝に去る色」などと漢詩にも作られている」という引用である。萩谷朴氏は『白氏文集』感傷四「花非花」の、

花か花にあらず、霧か霧にあらず。夜半に来り、天明に去る。来ること春の夢のごとし、幾多の時。去ること朝雲に似て、覓(もと)むる処(ところ)無し。

（花かと思えば花ではない。霧かと思えば霧ではない。夜中にやってきて、明け方

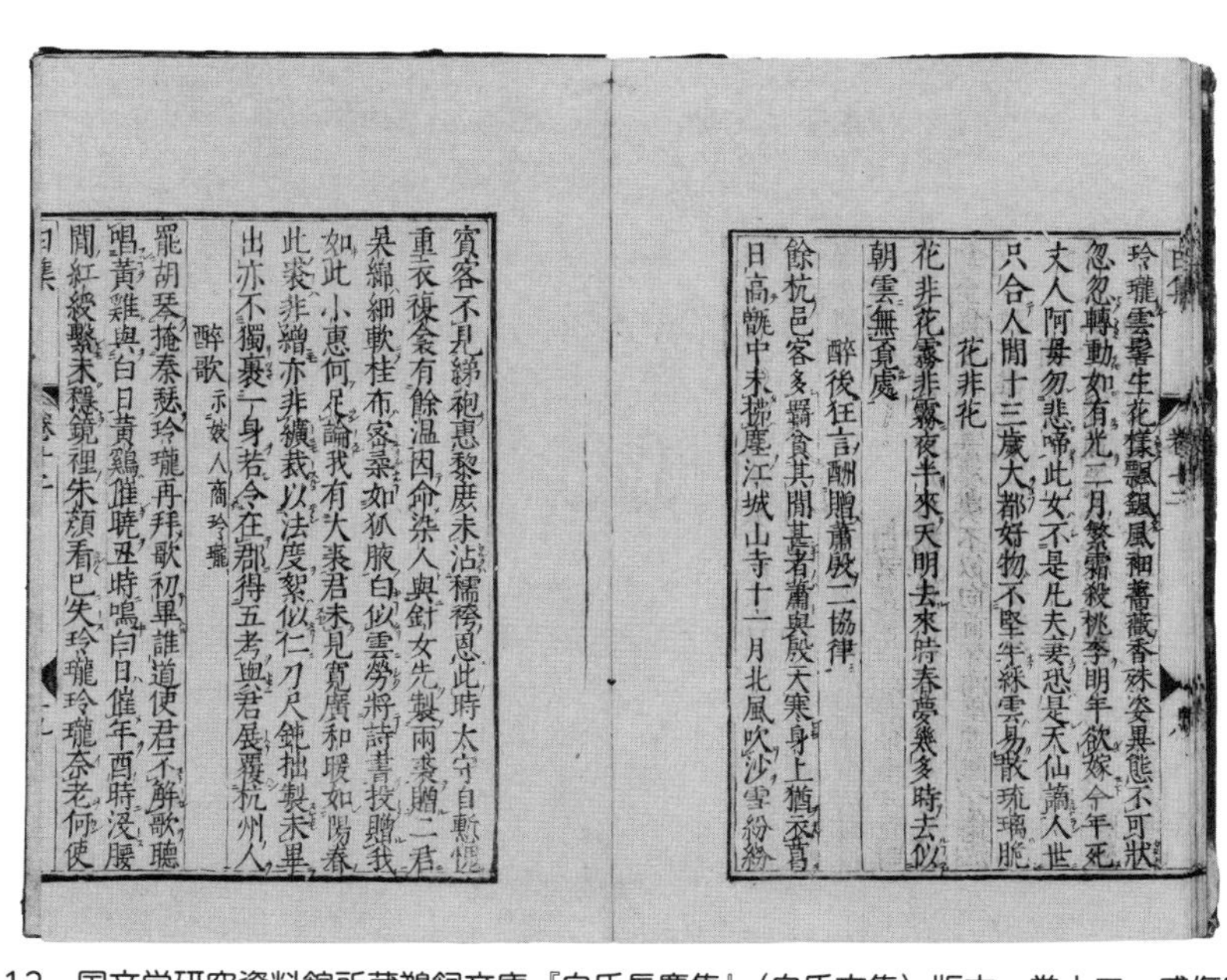
玲瓏雲髻生花様飄颻風袖薔薇香咊姿異態不可状
忽忽轉動如有光二月繁霜殺桃李明年欲嫁今年死
丈人阿母勿悲啼此女不是凡夫妻恐是天仙謫人世
只合人間十三歳大都好物不堅牢彩雲易散琉璃脆

花非花

花非花霧非霧夜半來天明去來時春夢幾多時去似
朝雲無覓處

醉後狂言酬贈蕭殷二協律

餘杭邑客多羈貧其間甚者蕭與殷天寒身上猶衣葛
日高甑中未掃塵江城山寺十一月北風吹沙雪紛紛

賓客不見綈袍惠黎庶未沾襦袴恩此時太守自慙愧
重衣複衾有餘温因命染人與針女先製兩裘贈二君
吳綿細軟桂布密柔如狐腋白似雲勞將詩書投贈我
如此小恵何足論我有大裘君未見寛廣和暖如陽春
此裘非繒亦非纊裁以法度絮似仁刀尺鈍拙製未畢
出亦不獨裹一身若令在郡得五考與君展覆杭州人

醉歌　示妓人商玲瓏

罷胡琴掩秦瑟玲瓏再拜歌初畢誰道使君不解歌聽
唱黄雞與白日黄雞催曉丑時鳴白日催年酉時沒腰
間紅綬繫未穏鏡裡朱顔看已失玲瓏玲瓏奈老何使

図12　国文学研究資料館所蔵鵜飼文庫『白氏長慶集』（白氏文集）版本・巻十二　感傷四

に消え去る。来る時は春の夢のように急に現れ、去る時は朝雲のようで、探してもどこにもない）

を引いたとし（新潮日本古典集成『枕草子 下』）、賛同する意見も少なくない。いずれにしても氏のいうように、この白楽天の詩句とて、さらに元をたどれば、「高唐賦」に行き着くことは間違いない。なお、「月のいと明き面に、薄き雲、あはれなり」は、「高唐賦」「神女賦」を踏まえた「洛神賦（らくしんのふ）」の、「髣髴として、軽雲の月を蔽（おほ）ふがごとし」の文言に依拠している。神女の形容である。この詩句は、定家仮託書『愚見抄（ぐけんしょう）』で再登場するので、記憶にとどめておいてほしい。ともあれ、変化し、消え去る雲の特性は、そのような夢幻的な世界を呼び込むのである。

こうなると、誰もが知る『枕草子』序段「紫だちたる雲のほそくたなびきたる」という春の曙の光景も、それを眺める人物の想念のうちに、神女の面影が揺曳していると思われてならない。『続浦島子伝記』の「紫雲」をも手繰り込んだ、そういう想念の母体の上に浮かんだ雲だと見てみたい。

雲が異界の美女を表すのは、なにも「高唐賦」の専売特許というわけではない。『和漢朗詠集』に、

露は別れの涙なるべし珠空しく落つ　雲は是れ残んの粧ひ髻未だ成らず

（秋・七夕・二一四）

（暁の露は、空しくも美しい珠のような織女の別れの涙なのだろう。朝焼けの雲は、うなじの髪も寝乱れたままの、織姫のしどけない姿のようだ）

という、菅原道真作とされる漢詩句が採られている。朝の雲が織女の残影となっている。このように、雲にこの世ならぬ女性を透視する発想は、さまざまな表現と結びつき、種々のイメージや情緒を積層していく。それこそ雲が湧き上がっていくように。

光源氏の哀惜

光源氏は妻を喪った。端然としてよそよそしいところのあった正妻とはいえ、

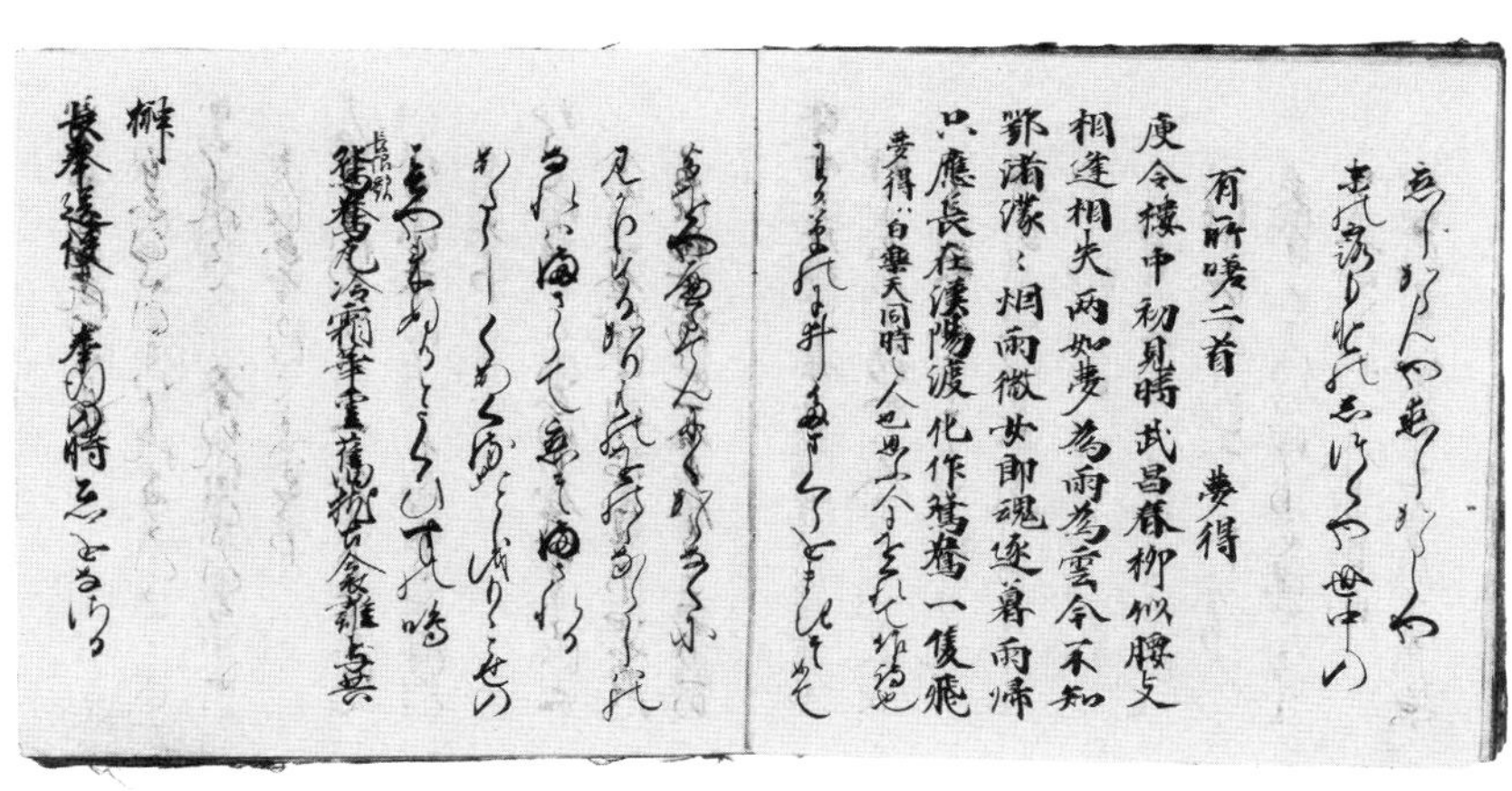

有所嗟二首　夢得

庚令樓中初見時　武昌春柳似腰支
相逢相失兩如夢　為雨為雲今不知
鄂渚濛濛烟雨微　女郎魂逐暮雨歸
只應長在漢陽渡　化作鴛鴦一隻飛

図13　宮内庁書陵部所蔵『源氏物語奥入』

最後には心通わし合いもし、そのうえその死に生霊となった自らの愛人が関わっていることを見せつけられた彼は、えも言えぬ深い哀惜に沈んだ。『源氏物語』葵巻である。ここにも朝雲暮雨の影は色濃い。光源氏は、

雨となり雲とやなりにけん、今は知らず。

と涙の雨とともに独り言のようにいう。その典拠として、藤原定家の著した『源氏物語』の注釈書『奥入』は、夢得（劉禹錫）の詩句を挙げている。一部を引く。

相逢ふも相失ふも両つながら夢の如し　雨と為り雲と為るや今は知らず

（出会ったことも、死んだことも、ともに夢を見ているようだ。あの人は雨となったのか、雲となったのか、もうわからない）

この詩句もまた、「高唐賦」を踏まえていることは明らかである。

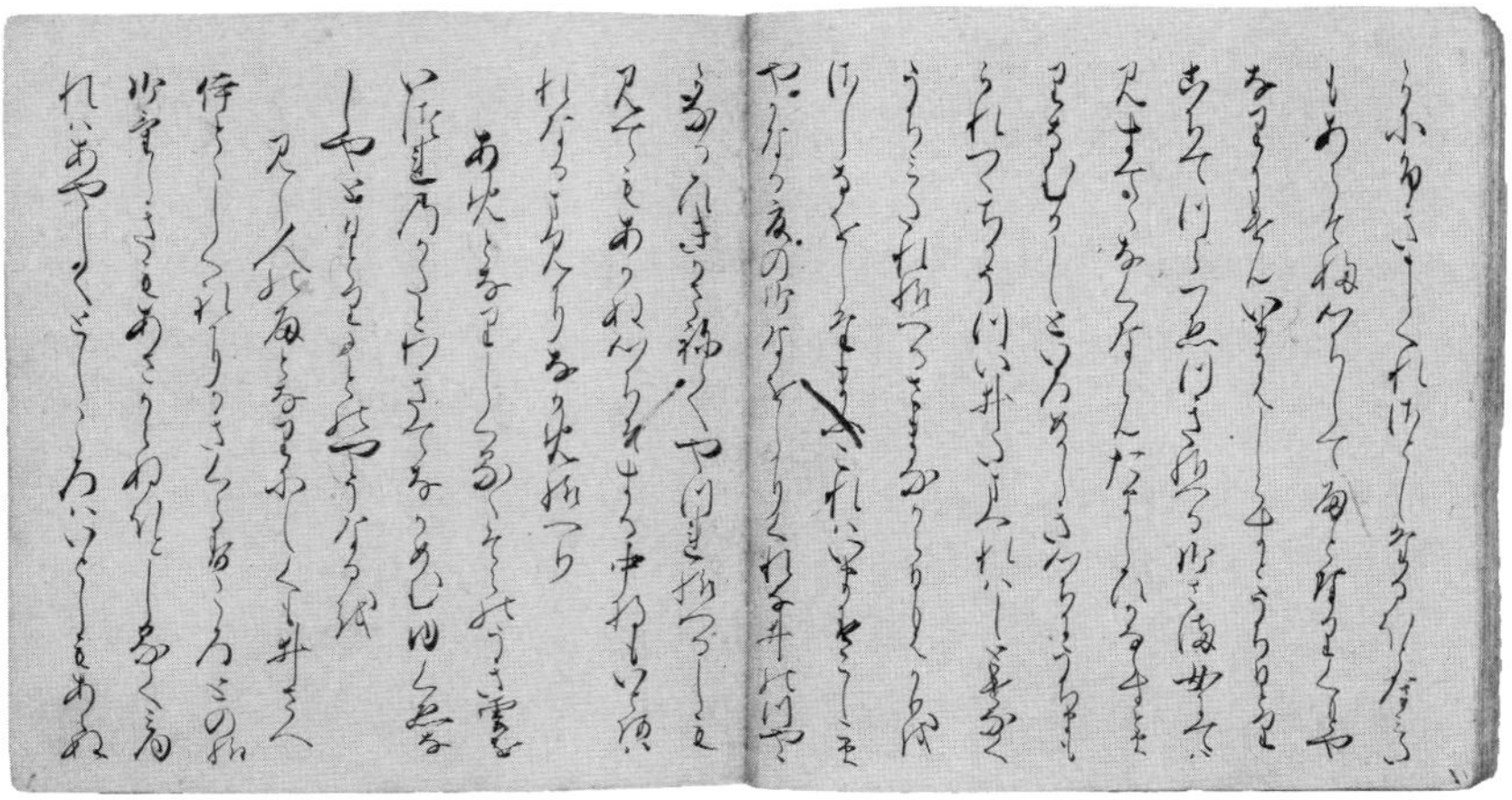

図14　国文学研究資料館所蔵　榊原本『源氏物語』葵巻　頭中将と光源氏の和歌のやりとりの場面。和歌は最初だけ改行し、２字分ほど下げて記されている。

古典が折り重なりながら、物語の地層を厚くし、光源氏の心を深めている。引用を指摘しながら、定家はそこに感動しているに違いない。

そして、光源氏と葵上の兄頭中将は、哀傷の歌を詠み合う。

中将も、いとあはれなるまみにながめたまへり。

　雨となりしぐるる空の浮雲をいづれの方とわきてながめむ［頭中将］

行く方なしや」と独り言のやうなるを、

　見し人の雨となりにし雲居さへいとど時雨にかきくらす頃［光源氏］

（中将も、ひどくしみじみとしたまなざしで、眺めやっておられる。

　雨となってしぐれる空の浮雲のうち、どれを亡き人のそれと見分けて眺めたらよかろうか

魂の行方もわかりません」と独り言のようにおっしゃるのに対して、

亡き妻が雨となった雲のいる空までが、時雨のためにますます真っ暗になるこの頃だ）

二人の歌はこの少し前、火葬の後に光源氏が詠んでいた、

のぼりぬる煙はそれと分かねどもなべて雲居のあはれなるかな
（空に昇った煙のうちどれが亡き人のものかはわからぬが、雲のすべてがいとおしく思われる）

と響き合い、その雲を雨へと展開している。

光源氏の「見し人の」の歌だが、頭中将の哀傷歌をきちんと受け止めていないのではないだろうか。歌そのものも、「し」や「雨」が重複し、整わない印象がある。光君ともあろう人がどうした、と言いたくもなる。

「見し人」が雲となり雨となった空、それが時雨でさらにかき曇って、と言葉としてはたしかにつながっている。「頃」でおわる終わり方も、余情的といえばいえるが、ぼんやりとしてきちんと着地していない感じである。そう、光源氏は上の空なのだろう。妻の兄の哀悼の歌に答えることよりも、以前「のぼりぬる」

云々とつぶやくように歌った自分の気持ちの脈絡を大事にして歌っているようだ。自分の気持ちと、その場の言葉のつながりに押し流されるように、それでもうわべの言葉だけは相手に寄り添いつつ、心の決着がつかぬままに詠んだのだろう。

光源氏は、流動する言葉の連関の中でゆらゆらと浮遊している。一人でしっかり立てずに、何かに身をゆだねている。こういう言い方をしていいだろうか。彼には妻と心打ち解けて睦み合ったという記憶がほとんどない。愛の思い出がない。だから、喪って初めて抱いた痛切な思いから遡って、追憶を作っていかなければならない。光源氏が身を任せている古典の言葉の連続体こそがそれである。歴史的記憶が個人的な記憶に代わって召喚されている。作者の工夫である。

古来の死と雲の表象に、朝雲暮雨の故事およびそれに関連する表現が巧みに融合し、▲『源氏物語』の表現の生成を支える記憶の集合体となっている。

古来の死と雲の……　上野英二『源氏物語と長恨歌——世界文学の生成』（岩波書店、二〇二二年）は、「長恨歌」を軸にしつつ、錯綜しつつ蓄積された表現の母体を追究している。

多層化する母体

漢詩の中でも、雲が人をしのぶよすがとなる発想は、「高唐賦」をふまえながら蓄積していたが、日本古典の中でも多層化してゆき、それらを想起し、追想し、新たに生き直すことが、次の表現を生み出す原動力になっていく。その過程を称して、表現母体と見なしたいのである。例えば、次のような歌が藤原俊成（しゅんぜい）の撰ん

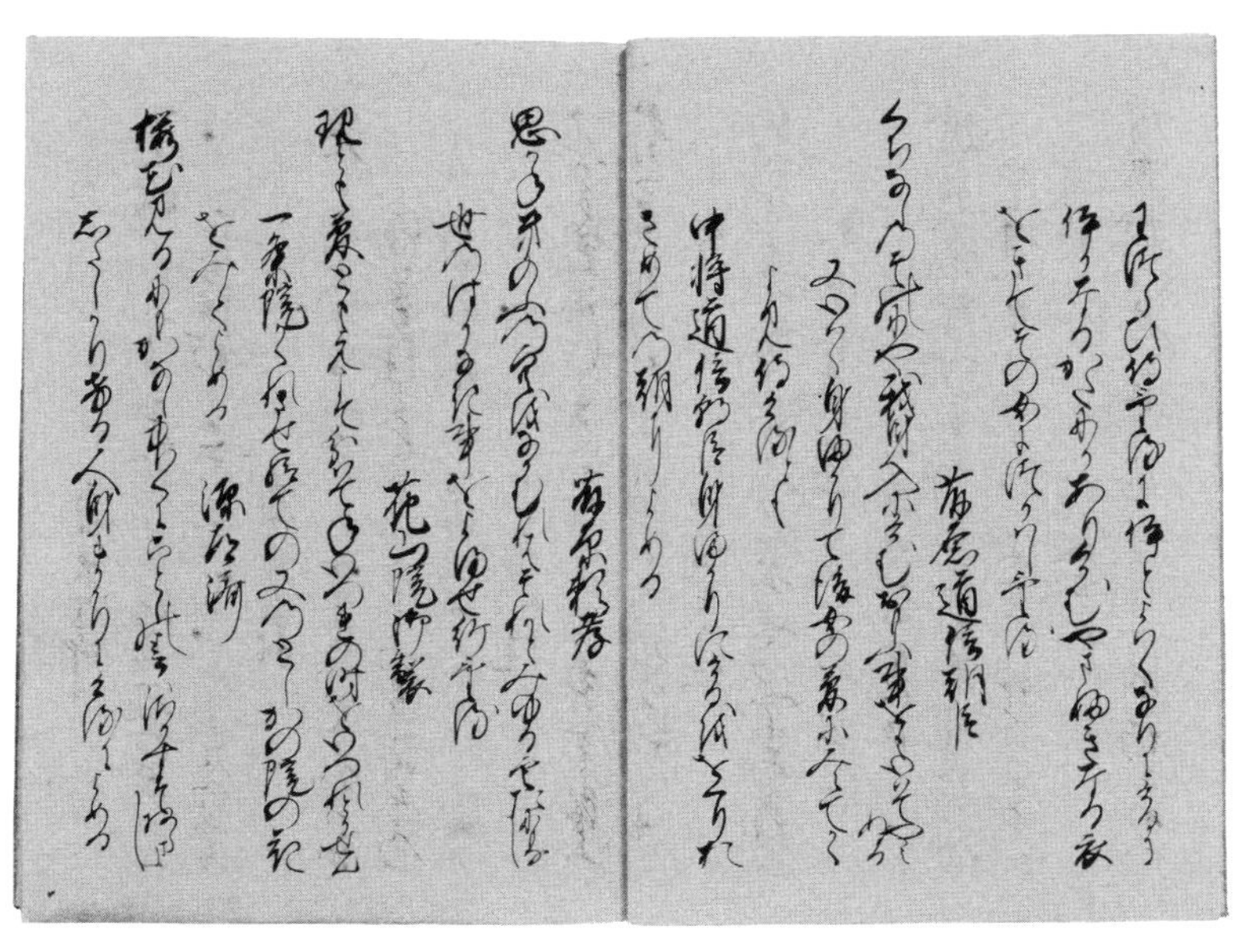

図15　国文学研究資料館所蔵　松野陽一文庫『千載和歌集』　道信が死後夢の中で詠んだ歌と、彼を追悼する頼孝の歌とが並んでいる。松野陽一文庫は、元当館館長で、『千載集』研究の大家であった松野氏の寄贈本。

だ『千載集』に見える。

中将道信朝臣みまかりにけるを、送りをさめての朝によめる　藤原頼孝

思ひかねきのふの空をながむればそれかと見ゆる雲だにもなし　（千載集・哀傷・五五〇）

（悲しみに堪えかね、昨日荼毘に付した空を眺めてみるが、それが彼の火葬の煙の痕跡だ、とわかる雲すらもない）

作者藤原頼孝は、勅撰集ではこの歌のみが遺る、出自・経歴のあまりよく知られぬ人物であり、いわば道信の死にあやかって勅撰歌人の栄誉を得たともいえよう。一方の道信は、弱冠二十三歳で早世したが、家集『道信集』があり、中古三十六歌仙にも選ばれ、なにより、「明けぬれば暮るるものとは知りながらなほ恨めしき朝ぼらけかな」が『百人一首』

に採られて、広く知られている。道信の死は、正暦五年（九九四）七月十一日。火葬の煙が空に立ち昇り雲となる。その雲によって死者を追懐する。万葉以来の詩情だが、朝雲暮雨と響き合って抒情を深めている。もちろん、こちらは消え去った者の形見としたい雲すら見えないという違いがあるが、それだけにかえって、嘆きがより深く彫り込まれる。『源氏物語』が生まれてくる母体の一端である。
和泉式部（いずみしきぶ）の詠歌も、そうした母体に食い入っている。

（観身岸額離根草、論命江頭不繋舟）

はかなくてけぶりとなりし人により雲ゐの雲のむつましきかな　（和泉式部集・二七三）

（はかなくも煙となってしまった人のせいで、空の雲が慕わしいよ）

「みをくわん[観]すれはきしのひたひにねをはなれたるくさ、いのちをろ[論]すれはえのほとりにつなかさるふね」（人の身を観想してみれば、根が絶えて岸辺から離れた草のようなもので、命の本質を語ろうとすれば、波打ち際につながれていない船のようなものだ）の一字ずつを歌の最初に詠み込んだ作。敦道（あつみち）親王への哀悼が込められているといわれる歌群である。制約を設けた歌々だが、和泉式部の才をもってすれば、むしろそれが想像力の起爆剤となったようだ。

これは、『源氏物語』夕顔巻で横死した夕顔を偲んだ光源氏の、

見し人の煙を雲とながむれば夕の空もむつましきかな

（愛した人の火葬の煙が雲になったかと思えば、夕方の空も慕わしい）

の哀悼の歌とよく似ている。影響関係というよりも、これらの背後にある、共通の表現母体にこそ思いを馳せたい。死者を想うあまりに、空の雲に「むつまし」と感じる。むつみ合いたいと思うほど慕わしいというのである。もはやそれは、死者と一体化したいという願いをはらむ。雲はそうした昏い欲望をすら掻き立てるのである。

ちかくみる人も我が身もかたがたにただよふ雲とならんとすらん

（和泉式部続集・四九四）

（身近な人も私自身も、それぞれに空に漂う雲となるのだろうか）

いつまでかけぶりとならで風吹けばただよふ雲をよそにながめん

（同・五九六）

（私はいつまで煙となることもなく生きて、風に吹かれて漂う雲を、自分とは無縁なものだと眺めるのだろう）

いずれも雲に人の死を思い、そしてそれをほかならぬ我がこととして捉える心情を詠んでいる。雲は、死の色彩を帯びながら、自分を投影する対象であった。

以上、自己や他者の存在に関わるような言葉やそれに伴う情調が、『文選』「高唐賦」以来の雲をめぐって相互に絡み合いながら生成し、享受されていることを見てきた。そのようなまとまりごと、表現を生み出す豊かな記憶の群体となって、次代へと受け継がれていく。

四▶『新古今集』の時代

死と物語

朝雲暮雨の故事は、『源氏物語』を媒介とし成長を遂げて、『新古今集』の時代に華麗な花を咲かせた。まずはその前夜の歌を一つ。

資盛朝臣家歌合に、恋を
雨とふり雲とたなびく夢ばかり恋しき妹を見るよしもがな（親宗集・一〇六）
（雨や雲となったあの「高唐賦」の神女のように、わずかに夢の中ででも恋人を見ることができたら）

平重盛の次男、清盛の孫である資盛の催した歌合での歌。いつ行われた歌合かわからぬながら、資盛は寿永二年（一一八三）一門とともに都落ちするのだから、それ以前であることは間違いない。作者平親宗は、時信の子で、時忠・時子（清盛妻）・滋子（後白河院妃、建春門院）の兄弟。朝雲暮雨の故事をそのまま持ち込み、夢の中で逢うことのたとえとして、懐王や光源氏になりすましたかのように歌っている。中世が始まろうとするこの時期、『源氏物語』の世界もかくやと謳われた、平家一族らしいといえばらしいが、若干厚かましさを感じないでもない。夢のような物語を、まるで現実のように取り込んでいるからだ。

次に取り上げるのは、若き日の藤原定家。

（逢不遇恋）

旅の空知らぬかり寝にたちわかれ朝の雲の形見だになし　（拾遺愚草・二七〇）

（旅中知らぬ行きずりの相手と枕を交わして別れ、形見として偲ぶ朝の雲さえもない）

平家滅亡後まもなくの文治三年（一一八七）に、殷富門院大輔の勧めで詠んだ百首中の一首。再び会うことのできぬ恋という題で、「形見だになし」とは、なんと親宗と違うことか。懐王になれないことが抒情の起点なのである。

月清み寝られぬ夜しももろこしの雲の夢まで見る心地する

（拾遺愚草・六九五）

（月が明るく澄んで寝られない。それなのに、いやだからこそ、あの唐土の懐王の夢の跡の雲までが幻影として浮かぶのだ）

建久元年（一一九〇）、『新古今集』への時代の開幕を告げる試みとも称される、藤原良経主催の「花月百首」での一首。花と月それぞれ五十首詠んだ。おのずと花月をあまたの視点から眺めることになる。「月清み」とあるのだから、少なくとも月を覆うような雲はない。消えた雲から、幻想的な物語を想起しているのである。いかにも定家らしい。

次は、建久四年（一一九三）にフォーカスしよう。後に『新古今集』を支える歌人たちの実験的な試みのうちでも、質量ともに記念碑的な行事となった『六百番歌合』である。

三十番（別恋）　左勝　女房（藤原良経）

忘れじの契りを頼む別れかな空ゆく月の末をかぞへて　（七一九）

（忘れないよという約束を信じて別れた。空を行く月のような遥かな未来を指折り数えて）

右　家隆

風吹かば峰にわかれん雲をだにありしなごりの形見とも見よ　（七二九）

（風が吹いたら、せめて峰からわかれゆく雲だけでも、かつての名残だと思ってください）

左歌、右方感気有り。右歌、左方、頗る宜しきの由を申す。

判に云はく、左歌は、空ゆく月の末をかぞへ、右歌は、峰にわかるる雲を形見とせり。両首の体詞、共に優には侍るを、右は、「雲をだに」といへるや、末に叶はぬ様に侍らん。左、「忘れじ」とおけるより首尾相応せるにや。仍りて左を以て勝と為す。

（左方の歌に、右方も感心していた。右方の歌に、左方はとても良いと申した。判者はこう述べた。「左歌は、空の月の行末を数え、右歌は、峰にわかれる雲を形見としている。両首の歌の表現はともに優美だが、右は「雲をだに」という語句が、下句と適合しないように思います。左は、「忘れじ」の語句に対して、下句ともうまく首尾相応しているのでは。それゆえ左を勝ちとする）

左の主催者良経（「女房」という作者名は、主催者や至尊の人物がわざと別名を用いる隠名）の歌は定家の撰んだ『新勅撰集』（恋三・八〇〇）に、右の家隆の歌は『新古今集』（恋四・一二九二）に入集した。ともに後に高く評価された二首の対決になったわけだが、判者（審判役）である和歌界の大御所藤原俊成は、左をもって勝ちとした。主催者良経に配慮した——別に八百長ではない。これも判者の心得の一つである——のかもしれないが、右を負けとした理由はきちんと示されている。「雲をだに」という第二句の言い方が、下句と適合しない、首尾不照応だというのである。どういうことだろうか。思うに、「雲をだに」という句から期待されるのは、「形見とも見ん」というような、自分の行為とする表現だ、ということなのではないか。この「別恋」題の他の歌人の歌は、基本的に相手を思う気持ちを歌っているからである。哀れなる心根を重んじた俊成は、あたかも「高唐賦」の神女に成り代わって命じるかのごとき言い草と見なし、行き過ぎたものを感じたのかもしれない。

もしそうなら俊成は、下句に注意を逸らされて、「峰にわかれん」を看過していたようだ。「だに」はむしろこの第二句との関係が濃い。本歌である『古今集』の壬生忠岑の歌は、「峰にわかるる白雲のたえてつれなき」と言っていた。峰から別れていく雲は、いずれ移ろい、消え去っていく。形見として見るといってもひと時のことに過ぎない。「朝雲」であり続けることはかなわない雲なのだ。そんな雲でもせめて形見と見てほしい、としか言えない。あなたはいずれ私のことなど忘れるだろうからと、切なる哀訴が込められているのであり、神女と等しいわけではない。

以上細かな解釈にこだわったのは、次のことを確かめたかったからである。判者俊成が抵抗を覚えたのは、「高唐賦」の登場人物にそのまま入れ替わるような詠み口に対してであった可能性があり、しかし家隆の作意は、その世界を追体験することが不可能だという諦念が滲んでいる、ということである。形見すらとどめがたいとは、『新古今集』に結実する抒情の基本である。それは、平親宗が見せた方法を否定的な媒介として成立していくのである。「形見とも見よ」と命じ、朝雲暮雨の艶麗な登場人物に臆面もなくなりすましているかに見せながら、実はそうはなりえない悲観を余情とする。イメージの構築と胸に響く抒情とを共存させる手腕は、英才のそろう新古今歌人の中でも、家隆が一頭地を抜いている。

「高唐賦」の懐王や光源氏にそのまま入れ替わるような詠み口は、『新古今集』の歌人たちには否定的に捉えられていたと述べたが、いや、では次のような俊成の和歌はどうなのか、と反駁されそうだ。

いつまでかこの世の空をながめつつ夕の雲をあはれとも見ん

（長秋草・一七七）

（いつまでこの現世の空を眺めながら、亡き妻の形見の夕方の雲を、哀切なものと

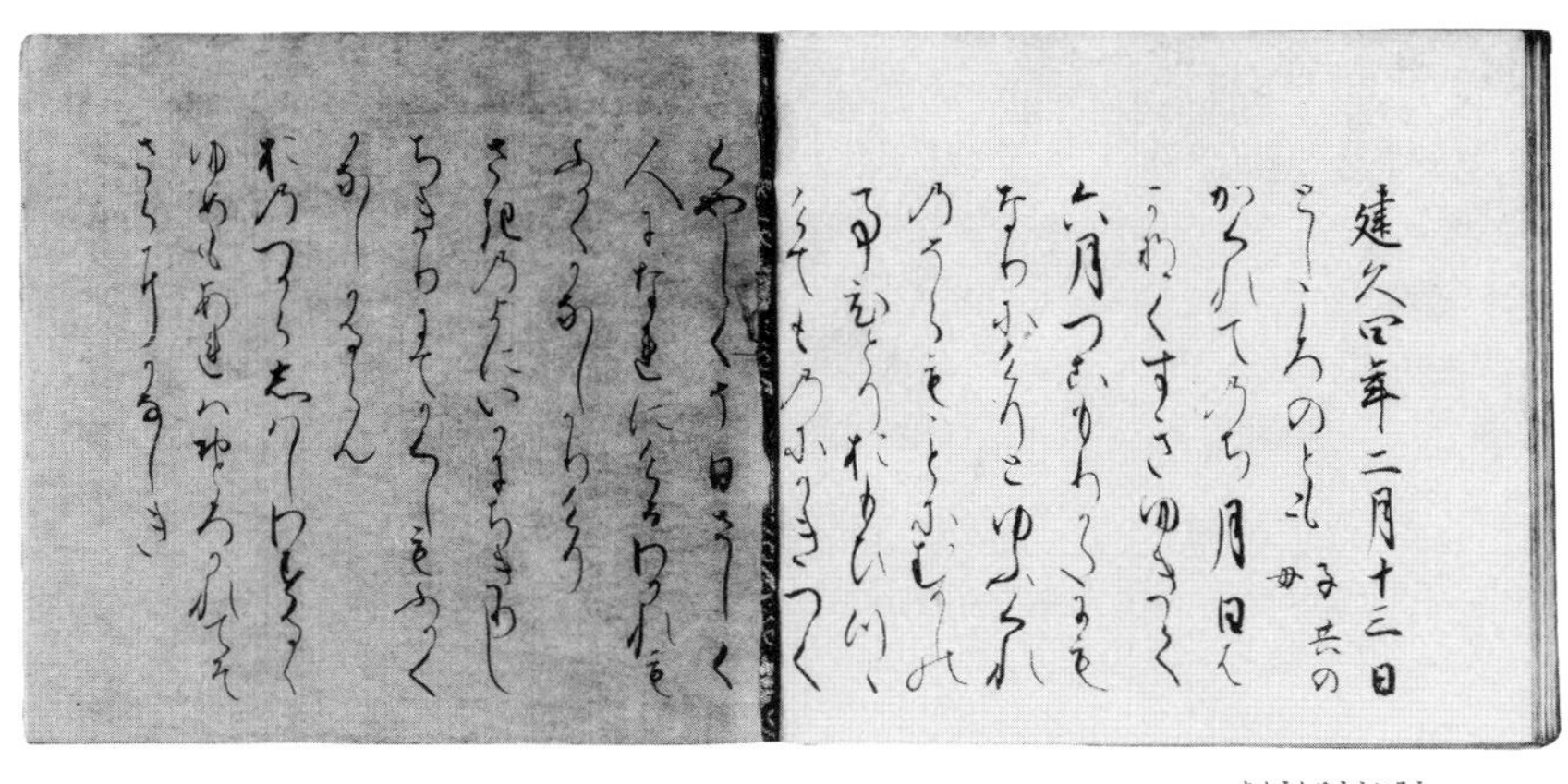

図16　宮内庁書陵部所蔵『長秋草』（『五社百首』とも）『長秋草』は『長秋詠藻』とは別の俊成の家集。定家母のことを「としごろのとも」と呼んでいる。

見ていられるだろう。私もいずれは……）

先ほどの『六百番歌合』と時を接した、建久四年（一一九三）に詠まれた藤原俊成の歌で、妻で定家の母である、親忠女（美福門院加賀）が亡くなった時の歌である。妻を偲ぶ九首がまとめて詠まれているが、『源氏物語』を踏まえた歌がこれに限らず多い。すでにこの時八十歳でありながら、ぬけぬけと光源氏に成り代わるかのように亡妻を追慕するのである。しかしこの歌とても、「いつまで見られるだろう」と、偲び続けることへの諦めを含んでいる。死者を悼むという同情を集めやすい状況に乗じて心情を解放し、物語を我が事として引き寄せているのだろう。朝雲暮雨といい『源氏物語』といい、つまるところ言葉によって生まれた幻想にすぎない。しかし死という冷厳な現実を通して、それはありありと生まれ変わる。観念的世界に遊ぶかに見える新古今歌人の表現主義的な試みも、こうした表現の力学のもとに現実へのつながりを確保し、育っていったのだろう。

雨中無常といふ事を　　太上天皇（後鳥羽院）

亡き人の形見の雲やしをるらむ夕の雨に色は見えねど

（新古今集・哀傷・八〇三）

（亡き人の形見の雲も泣き濡れているのか。この夕暮れ時の雨に何かの印があるわけではないが）

詞書には明示されていないが、建永元年（一二〇六）七月に後鳥羽院自身が催した「当座歌合」（その場で題が出されて即興的に詠む歌合）での歌である。院の寵愛した尾張という女房への哀悼の意が込められていると見られている。公的性格と私的性格が相半ばするような場での詠であり、詞書もそのあたりをぼかして書かれている。いかにも院政の主であり、この『新古今集』編纂の実質的な編集長である、後鳥羽院らしい公私混同ぶりといえるだろう。

そして歌の表現もそれに呼応している、と思う。「色は見えねど」とは、雲を見ると、わけもなく尾張を思い出し涙が流れる、ということだろう。しかしそれだけとは思えない。誰にもわからないだろうが、私には雲や雨が尾張の化身であるとわかっているのだ、という帝王らしい自負をはらんでいるのではないか。「高唐賦」の懐王・襄王、ひとり宓妃を捉えた「洛神賦」の陳思王（曹植）、五節の舞の起源譚においてその目にのみ天女を見た天武天皇、臣籍に降った皇子ではあるが光源氏。雲にこの世ならぬ女性を見透すのは、そのような至尊なる存在がもっともふさわしい。遍昭の『百人一首』歌の「雲の通ひ路」でさえ、舞姫を独占的に見る天皇のまなざしを感じさせていた。後鳥羽院の「亡き人の」の歌は、雲が抱えたポテンシャルを、その点で最大限に利用していると考えられる。

朝雲暮雨は、死と観念の両極を、両極のままに結びつける。死は人間にとってこのうえなく現実的なできごとである。しかし誰も自らの死を体験的に把握できないという点では、死はまごうかたなく観念的である。現実と観念の垣根を一足飛びに越える死を、死者の形見となる雲は、私たちに思い出させる。雲は、現実と遥かなる観念とを結びつける媒介なのである。

『無名抄』「近代の歌体」

ここで、雲からいったん離れて、幽玄(ゆうげん)という言葉に挑戦してみよう。幽玄は、最近でこそ沈静化している気配だが、古い時代から、文学や芸能にまつわる固有の美を表す語として扱われてきた。それはわが国独自の美意識を広く流布させるための標語ともいえるほどであった。そして幽玄は雲と密接に関わる。少し回り道にはなるが、まずは幽玄を文学史上初めて表現の神髄と明言した、鴨長明の

寄人　和歌所（勅撰集編集事務局）で撰者を補佐する職員。

『無名抄』を取り上げ、その後から両者の関わりについて考えてみよう。

『方丈記』で有名な鴨長明は、当時は歌人、琵琶・琴など管絃の名手として知られていた。後鳥羽院に抜擢され、『新古今集』の編纂にも、寄人▲として関与した。歌の師匠は、源俊頼の息子俊恵であった。長明には『無名抄』という歌論の書がある。歌を論じたというより、歌をめぐる親しみやすい随想録の趣があり、エッセイスト長明の面目躍如たるものがある。短い文章の集成であるが、その中では「近代の歌体」とも称される章段が、『新古今集』時代の歌の世界について述べたり、「幽玄」に言及したりしていることもあって、しばしば取り上げられてきた。いま幽玄に関わる部分のみ、口語で趣旨を示そう。

問　事柄のご趣旨はだいたいわかりましたが、その幽玄とかいう表現の在り方に至っては、何とも理解できません。どんなものなのですか。

答　およそ歌の表現様式は理解しがたいものだ。古い言い伝えや歌学書にも、小難しい事柄などは手取り足取り注釈するが、風体に至ってははっきり説明していない。まして幽玄の風体は、その語そのものが惑わせる。私もよくわかっていないから、明確には説明できないが、達人たちいわく、結局「言葉に現れぬ余情、姿に見えぬ景気」（言外に漂う情緒、雰囲気）だというのだ。

図17　国文学研究資料館所蔵　高乗勲文庫『無名抄』　無刊記の版本。引用箇所は左の1行目から始まる

「心に理深く、言葉にも艶極まりぬれば」（意味内容を深層まで掘り下げ、言葉の濃密な美しさを限界まで追求すると）、こうした美点は自然と備わるものだ。

例えば、秋の夕暮れの空の風景は、色鮮やかでもないし、音もしない。どこにどういう理由があるとも思われないのに、何となく涙がこぼれてくるようなものだ。野暮天たちはこういう風景に対してまったく感動せず、ひたすら目に見える花や紅葉ばかり礼賛する。

譬えてみよう。淑女が、恨み事があっても言葉に出さず、心に深くしまい込んでいるのを、さてはとうすうす察せられたりする、そんな様子は、言葉を尽くして恨んだり、泣いて訴えたりするよりも哀憐の想いに深く誘われるものだ。（中略）

また、かわいらしい幼児が、片言で覚束ないことを言っているのは、心もとないからこそ愛らし

く、ずっと聞いていたくなるようなものだ。これは学んだからといって簡単には理解できないし、そもそもわかりやすく教えることもできない。自分で悟るほかないのだ。

　また、霧の隙間から秋の山を眺めると、見えるところはわずかだが、その向こうに心惹かれ、どれほど紅葉していて美しいだろうと、いつまでも想像がやまない。その想念のうちに浮かぶ映像は、はっきり見るより素晴らしい。

　およそ思いをはっきり言葉に出して、月がきれいだの花が美しいだのと賛嘆することは、けっして難しくない。では日常語とは違う和歌の美質とは何なのか。「ひと言葉に多くの理を籠め、表さずして深き心ざしを尽くし、見ぬ世のことを面影に浮かべ、卑しきを借りて優を現し、おろかなるやうにて妙なる理を究むればこそ」（わずかな言葉に豊饒な内容を含ませ、表現せずに深い想いを言い尽くし、見たこともない世界をありありとイメージし、卑近なものによって優美さを立ち現し、浅薄なようで霊妙な真理を究明しているからこそ）、よく呑み込めず、表現しきれない時にでも歌で思いを述べることが可能になり、たった三十一字で天地を動かし、鬼神をも感動させる働きをも持つのだ。

なかなか惹き込まれる説明だ。和歌表現の核心について、これほどわかりやすく、思わず肯いてしまうような説得力を感じさせる文章は、かつてなかった。源俊頼も藤原俊成も定家も、肝心な本質論については、言葉少なに観念的な用語や比喩で触れるだけですませていた。そう、一番大きな違いは、その語り口である。まずは問いと答えの問答体。読み手は自分ではしにくいような初歩的な質問を、問者に代わって質問してもらっている気分となって、理解に臨場感が伴う。では、初心者だけを相手にしているかというと、そうでもない。例えばようやく初心を脱した程度の歌人でも、このような問者に対していくばくかの優越意識すら持ちながら読むだろう。おまけに答者は、自分もよくわからないが、などと愚者を演じている。わからない人がこんなに噛んで含めるように説明できるわけがないのだが、読み手は親しみを覚えて気を許す。

読者が一種の安心感を持ちながら読むとしたら、それは作者の術中にはまっていることを示す。述べている内容そのものを、疑問なく受け入れてしまうからである。初心者が再読する時にも同じような力学が働くだろう。つまり、この文章は、成長している、成長していけるという実感を与えるようにできているのである。説得力の由来はそこだ。

結局ここで言っているのは、幽玄とははっきり言語化できないもので、ひどく理解しがたいものだが、理解しがたいほどに卓越した歌の境地であり、そこを目指して努力せよという趣旨であり、それが可能だという気にさせる文章となっている。成長を実感させようとする語り口の中で、概念は曖昧を極めるが目標として掲げられて本領を発揮する、幽玄という難語が、すこぶる効果的である。幽玄とは、遠くに見えて近づけば消えてしまう、あの帚木（ははきぎ）のようなものなのであろう。『無名抄』の語り手は四つのたとえを持ち出して、幽玄を説明している。いま注目したいのはここだ。秋の夕暮れ、恨みを含んだ良き女、片言の幼な子、霧の絶え間の秋の山の四つ。理由を説明できないと言った舌の根も乾かぬうちに、美女、可愛らしい幼児、紅葉と、美しく、心惹かれるものがたとえに採られている。言葉にならない、見えない、わからないというイメージで遥か遠くにある理想を掲げて突き放しながら、一方で、それとは対極にあるような、身体的なあるいは華麗なイメージを配置して、共感を逃さない。つまり和歌の奥深さを肌身に感じさせるために、エロス（子供として描かれるようになる、ギリシャ神話の愛の神。または男女の愛。あるいは真善美を求める衝動的な生命力）の力を借りようというのである。これは宗匠格の大歌人にはできない芸当だ。俗すれすれの領域にまで、雅の世界を落とし込んでしまっているからである。だがそれゆえに、これから和歌を知ろうという人間にとってはいかにも取りつきやすいだろう。

　ともあれ、この時鴨長明の脳裏には、『続浦島子伝記』で見たような、漢詩文における仙女のイメージがかすめていたと推定される。というのも、紅葉を隠す霧という比喩には、明らかに雲と通じるものがあるからだ。そもそも「高唐賦」は、新古今時代の歌人たちにとって、常識に類するものだった。もとより霧と雲は、地表面との距離が異なるだけで、現象としても同一のものである。そして幽玄と雲・仙女の結びつきは、中世の深まりとともに顕在化することとなる。

五▼中世和歌の雲と幽玄

定家仮託書の幽玄

中世には、歌聖藤原定家の作と称しながら、実際には定家が書いたのではない歌論書が数多く生み出された。『愚見抄（ぐけんしょう）』『愚秘抄（ぐひしょう）』『三五記（さんごき）』などの定家仮託書である。なんだ偽書か、と侮るなかれ。定家の真作と認められている『近代秀歌（きんだいしゅうか）』や『詠歌大概（えいがのたいがい）』より、中世にはよほど大きな影響力をもった。それはそうだろう。本物は、少なくとも当初は限られた人しか見られない秘伝なのだから、影響も限定されてしまうのである。ここでは、仮託書の中でも比較的早い成立と言われる——といってもこれら仮託書群は、相互に影響を及ぼし合う複雑な成立・書写を経ていて、単純に早いとも言い難いのだが——『愚見抄』を取り上げてみよう。そこでは幽玄が大きくクローズアップされている。しかも、雲が、中核となるイメージを形成しているのである。

『愚見抄』では、初心の者はまず、歌の姿（風体・スタイル）を学べ、と提案する。和歌にはそれぞれの事柄に応じた表現の仕方があることを理解せよ、好きな

以下のごとくである　福田秀一・島津忠夫・伊東正義編『鑑賞日本古典文学24 中世評論集歌論・連歌論・能楽論』（角川書店、一九七六年）所収「愚見抄」（福田秀一担当）を参考にした。

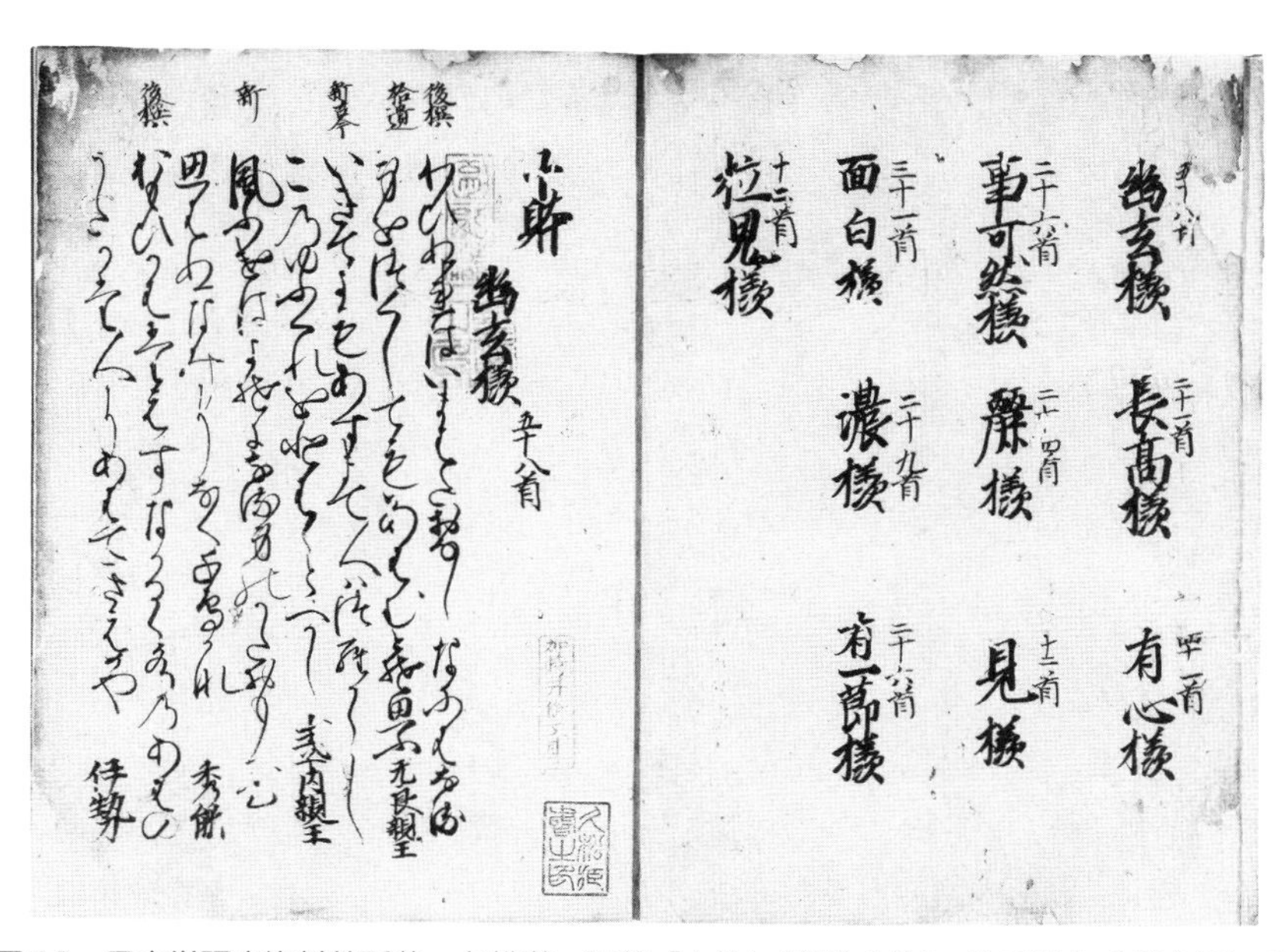

図18　国文学研究資料館所蔵　久松潜一旧蔵『十体』（和歌十体）　体ではなく様を用いている。

歌に固執するな、と戒める。風体とは、『定家十体』『毎月抄』（ともに有力な定家仮託書説がある）などでいう「幽玄体」「長高体」「有心体」「事可然体」「麗体」「濃体」「有一節体」「面白体」「見様体」「拉鬼体」の十体を以前に定めたので、勉強しておくように。その他に、「写古体」「景曲体」「物哀体」「存直体」「行雲体」「廻雪体」「理世撫民体」も知っておけ、という。これだけ挙げられると、どれがどれやらわからなくなりそうだが、十体を前提として、さらにそれをわかりやすくしようとしたと見ればよい。例えば十体の冒頭「幽玄体」は、以下のごとくである。

> 行雲廻雪体と申すは、幽玄の歌に取りての姿也。幽玄の歌の中に、分きて行雲廻雪といはるる姿侍り。心幽玄、詞幽玄とて、両種有るべし。今の体は、詞幽玄にて侍るべきにや。『文選』「高唐賦」に云はく、「昔先王高唐に遊び、怠りて昼寝す。

夢に一婦人を見る。婦曰く、「妾は巫山の女也。高唐の客為り。旦に朝雲と為り、暮に行雨と為る。朝々暮々、陽台の下にあり」と。朝に之を視るに言の如し。故に為に廟を立て、号して朝雲と曰ふ」と。

同じく「洛神賦」に曰く「河洛の神、名を宓妃と曰ふ。髣髴として、軽雲の月を蔽ふがごとく、飄颻として、流風の雪を廻らすがごとし。肩は削り成すがごとく、腰は素を約ぬるがごとしこれ神女也」と。

この景粧を心に兼ねたらむ歌を申すべきにや。


(「行雲廻雪体」というのは、幽玄の歌における風体です。幽玄の歌の中に、特別に「行雲廻雪」と称される風体があるのです。幽玄には、「心の幽玄」(内容に関わる幽玄)と「詞の幽玄」(表現に関わる幽玄)との二種類があります。「行雲廻雪体」は、「詞の幽玄」に当たるでしょう。『文選』「高唐賦」に、「昔先代の王(懐王)が高唐の楼観に遊び、疲れて昼寝をした。夢の中で一人の女性に逢った。彼女は「私は巫山の神女です。高唐観に出向きました。朝には過ぎゆく雲となり、夕暮れには降る雨となります。朝な夕なに陽台(高唐の楼観)におります」という。朝高唐観を見ると、その通りに雲があった。そこで神女のために廟を立て、朝雲と名づけた」と述べられています。

同じ『文選』の「洛神賦」には、「洛川の神は名を宓妃という。ふわふわとした雲

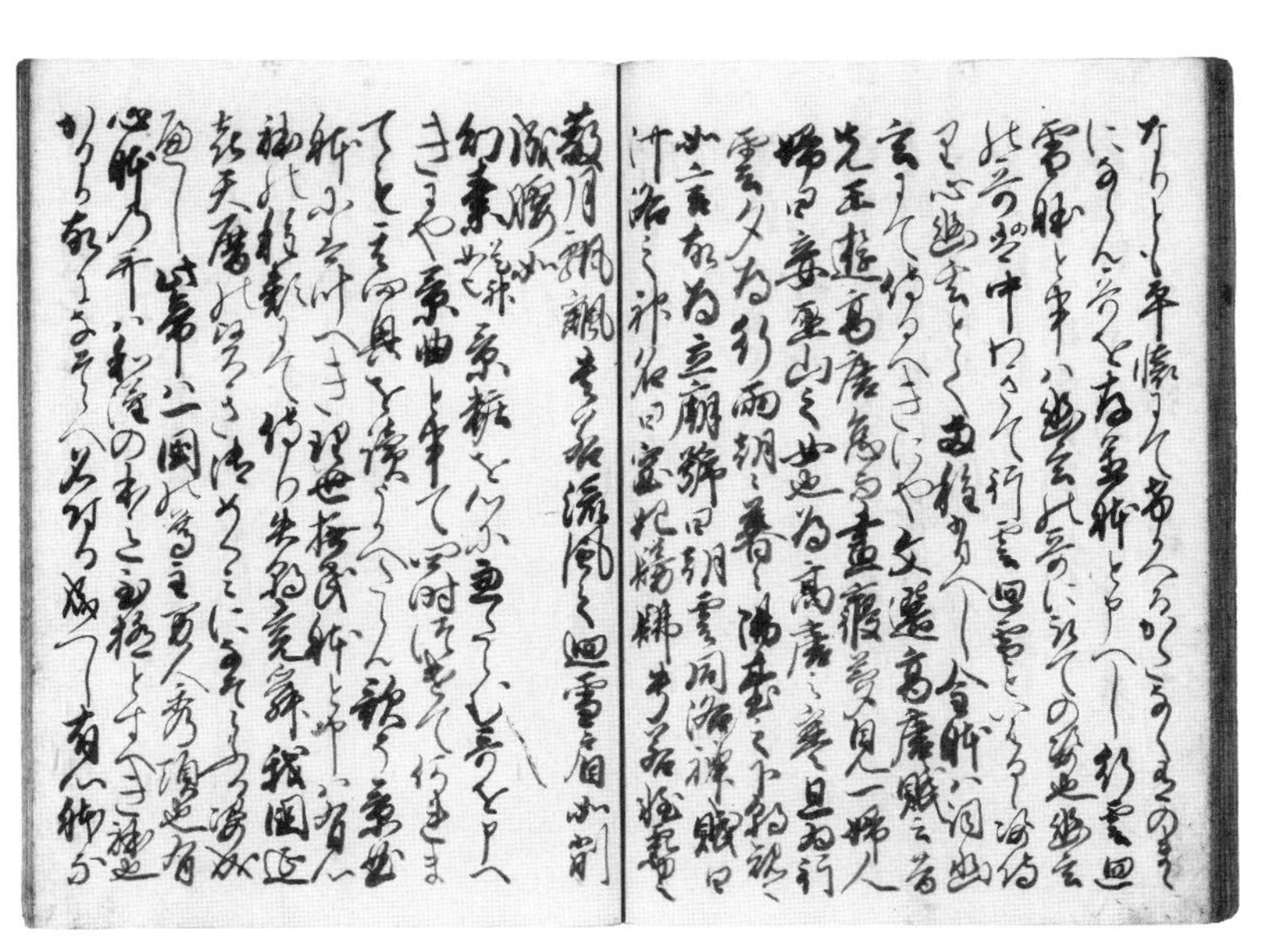

図19　国文学研究資料館所蔵　久松潜一旧蔵本『愚見抄』　引用箇所は２行目下から。「詞幽玄とて」を脱し、「約」は「幻」とある。

が月を覆ったようにほのかで、流れゆく風が雪を舞い上げるようにひらめいている。肩は削ったようななで肩で、腰は白絹を束ねたようにしなやかだ〈これは神女のことである〉」とあります。表現がこの雰囲気を醸し出し、なおかつそれが内容に合致している歌を、行雲廻雪体と申すのでしょう）

「行雲」は「高唐賦」における神女の化身であり、「廻雪」は「洛神賦」の、神女の姿の形容である。そのことは引用末尾の注記でも確認されている。しかと視界に収めがたい向こうの方に、重力に逆らうように流動するものとして、なまめかしいほどに魅力的なものが存在する。この不明確さと艶めかしさとの綱引きが大切だ。不明確だけなら、価値あるものにならない。艶めかしくなりすぎては、卑俗なものになりかねない。遠くわからないものなのだけれども、それをあたかも実在するかのように生き生きと実感させたいということなのだろう。『無名抄』の記述に大きく影響を受けながら、さらに進めている。
では、その実感させたいものとは何なのか。十体に加えた風体の中で唯一漢詩文を援用しているのも、行雲廻雪だけの記述の仕方だ。有心体でも聖帝堯・舜に触れるが、延喜・天暦帝とともに名を挙げているだけだ。いったい何を示しているのだろう。

思うにこれは、古典を引用したときの言葉の働きに気づかせようとしているのだろう。古典を踏まえた表現の魅力のあり方を印象付ける（論じるのではなく）のが目的なのだと思う。「詞幽玄にて侍るべきにや」と推量している以上、表現についてのことと見なしているはずだ。おそらく言葉の背後に、これまで積み重ねられた古い表現が揺曳（ようえい）する、そのえもいえぬ魅力を伝えようとしているのだろう。古典に育まれた、追想の連続体である、私にいう表現母体の魅力である。走馬灯のように古典を追想し、古典にあえて惑乱する面白さである。ほかならぬこの『愚見抄』の作者であるはずの藤原定家も、朝雲暮雨の故事をふまえて、あるいはこれを取り入れた『源氏物語』をふまえて、少なからぬ和歌を実際に詠んでいる。朝雲暮雨を取り上げることは、古典を想起する魅力を伝えるのに、いかにもふさわしいだろう。もちろん本歌取りや漢詩文を「本文」とすることにとどまらない。表現母体と呼んできた、古典への連想がさまざまに結びついた流動する連続体へと導きたいのであろう。雲の表象は、そのような流動する言葉とイメージの群の比喩として、似つかわしい。歌論は、とくに定家仮託書は、文章に化けた和歌というべきものだ。あたかも詩歌を分析するように、イメージ操作の方法を読み取るのがよかろう。そうしてもっと面白く読み込まれてよい。

幽玄とは何か。遠い昔の歴史的遺産としての記憶を、ああ、そんなことがあったなあ、とあたかも体験的な記憶であるかのように、懐かしみ想起すること。観念としての記憶を我が事として追想すること。そう仕向けることが幽玄の意味なのであって、本領は実践的な機能にある言葉なのであった。

正徹の戦略

十五世紀に活躍した、正徹という歌人がいた。歌の家に生まれたわけでもないのに、正統派である二条家とは異なる非常に特色ある歌風によって、時代に抜きんでる存在となった。有力者の心をつかむ一因に、達者な語り口があると思っている。彼の歌論『正徹物語』から伺うことができる。和歌実作の面でも、歌の指導の面でも、「幽玄」「行雲廻雪」「雲」の、古典の記憶の連続体を、表現の母体として存分に生かしている。▲

紙幅の関係上、『正徹物語』の言説に限って述べる。第十八段である（角川ソフ

▲和歌実作の面でも……　稲田利徳「正徹の歌論と和歌――行雲廻雪体とその周辺」（『国文学　解釈と鑑賞』二〇〇七年五月）、拙稿「正徹の幽玄」（『日本文学』二〇一八年四月）。

ィア文庫による)。

彼の歌論『正徹物語』の中に、「行雲廻雪」の語は二箇所見える。そのうちの一つを見よう。語り手は、自分(正徹)の作品である、

渡りかね雲も夕をなほたどる跡なき雪の峰の梯(かけはし)

(雲もこの夕暮れ時に渡りあぐねて迷い行く、そんな跡もない雪に埋もれた峰の桟(さん)道(どう)よ)

を掲出して自信作としたうえで、次のように言う。

「雲が跡なき雪を渡りかぬる」といふ事はあるまじきなり。されども無心なる物に心をつくるが歌のならひなれば、雲は朝夕わたるものなり、白く降りつもりたる雪に夕も知られねば、雲もたどりて渡りかぬるかと、雪降り積みたる山の夕を見やれば、のどかにわたる雲のおぼゆるなり。かやうに心をつけてみれば、まことにわたりかねたる風情あるなり。又梯の雪に人のかよふ跡もなければ、「雲も渡りかぬるか」と思ふ心もあるなり。又「「雪に跡なき」といひたらばよかるべし」と人はおもふべし。それはうたてかるべきな

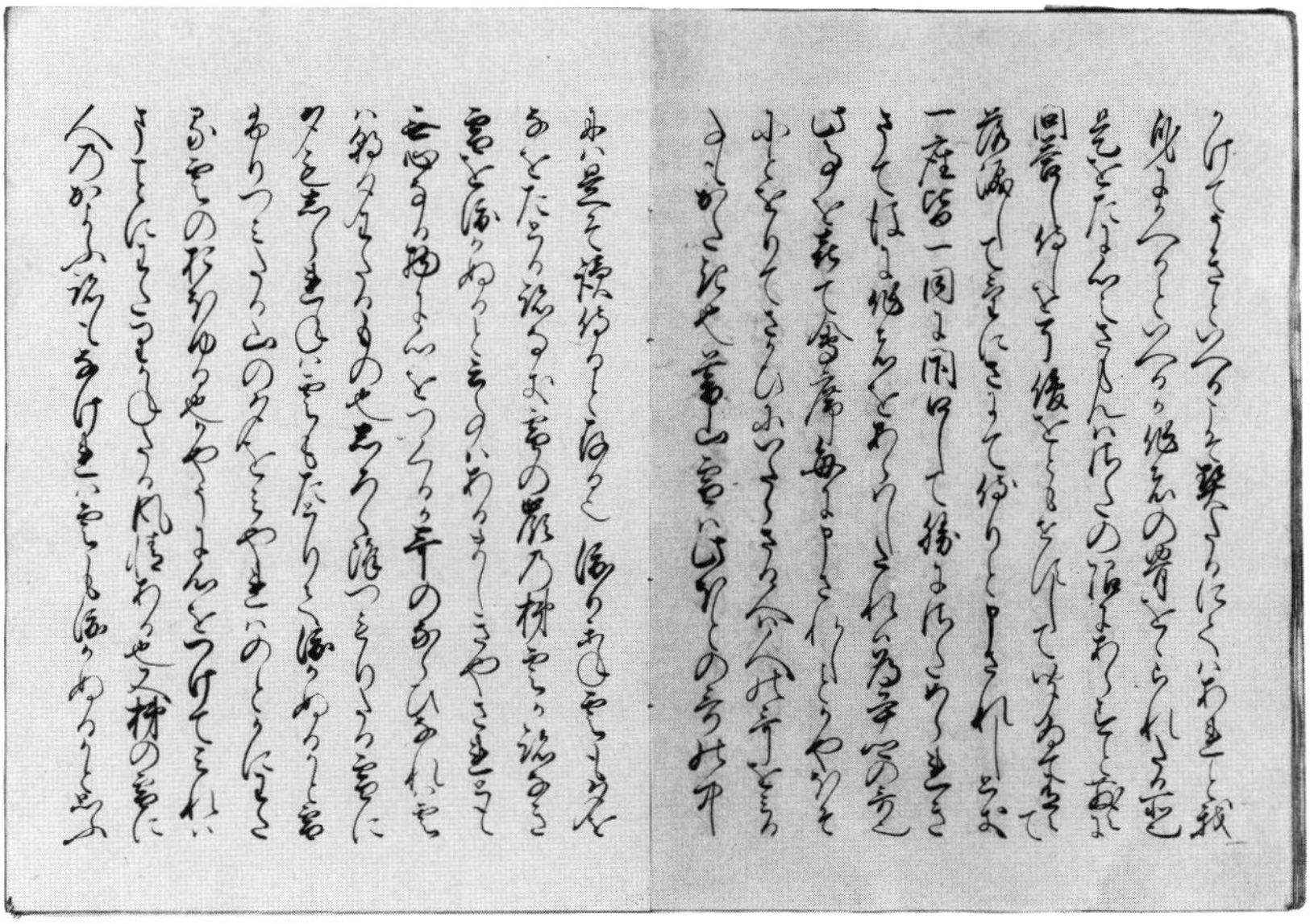

図20　国文学研究資料館所蔵　久松潜一旧蔵『正徹物語』 引用した章段は、10行目から始まる。

り。「跡なき雪」といへるに、一きは眼(まなこ)があるなり。それは、雲の足の跡といふ物もなければ、「なほたどる跡なき」といひつれば、雲の跡なきにもなるなり。されば「雪に跡なき」といふよりも、「跡なき雪の」といへるがうるはしきなり。

（「雲が足跡もない雪を動きあぐねている」状態など、現実にはありえない。けれども非情物に感情移入するのが歌の習いなのだから、雲は朝と夕方に動きゆくもので、白く降り積もった雪のせいで夕方になったこともわからずに、雲も迷って動きあぐねているのかと、雪が降り積もった夕暮れの山を眺めて、のどかに移動していく雲がそう感じられるのである。このように感情移入しつつ見ると、本当に動きかねている趣があるのである。また桟道の雪の上に人が通った足跡もないので、「（人はもちろんのこと）雲だって桟道を渡りかねているのか」という心情もある。また「雪に跡なき」と表現するほうが良いと人は思うかもしれない。それでは駄目なのだ。「跡なき雪」という表現に、とりわけ眼目がある。それはなぜか。雲の足跡などないのだから、「なほたどる跡なき」と続ければ、雲は跡形もない、という内容も含ませられる。だからこそ、「雪に跡なき」と言うよりも、「跡なき雪の」と言うほうが流麗なのだ)

そしてこれこそ「行雲廻雪体」の歌であるという。よくもまあ、自分の作品をここまで褒め上げるものだと感心するが、それほど出来栄えに自負があるのだろうなどと呑気に構えていると、口車に載せられる。ここにはまやかしめいた手口があると思う。が、まずはどうしてこのように述べたのかを問いたい。正徹には正徹で、そのように作者の創作意図を説明する必要があったのだろう。戦略的なのである。正徹は、句をまたぐという不自然な修飾被修飾の関係になってまで、「雲の跡なき」という言葉の結合をこしらえてみせた。どうしてかを考えるには、「雲の足の跡もなければ」の一節をきちんと理解しておかなくてはならない。一見、雲に足跡はないものなので雲の足跡がないと詠んだ、の意と受け取りたくなる。しかしそれでは同語反復に陥る。これは「雲に足跡がないのは当たり前だから、（足跡の意味などではなくて）雲が跡形もなく消え失せた、という意味にもなるのだ」ということなのだろう。今まさに雲が夕暮れ時に途方に暮れたように進みあぐねている、かに思わせて、「跡なき」で一転、その雲はもうすっかり消えたというどんでん返しを用意した、その工夫を誇りたいのだ。というより、わかってくれない読者にいらだち、「行雲廻雪体」（すなわち「幽玄体」）の具体例を示すという大義を装って、自作解説をしているのだと思う。一首は「暮山雪」という題での詠なのだから、雲が今も浮かんでいる情景を描くと、主役の雪を食いすぎだ――これを歌学で「傍題を犯す」などと称する――という非難を受けかねない。その心配を取り除くと同時に、歌の底上げを図っている、と言ってよいだろう。

そもそも雲と雪の出てくる歌を「行雲廻雪体」の例にするなど、都合が良すぎる。歌の深さを確保するために、定家（仮託書）の言説を、あえて持ち出したのであろう。定家が「高唐賦」や「洛神賦」を引き合いに出していた事実を利用し、「雲の跡なき」の脈絡を強調することで、夢幻的なこの話を取り入れたことを示しているのである。もともとの創作意図がそうであったか、保証の限りではない。私は後からこじつけているのではないかと睨んでいる。

こじつけはともかく、いやこじつけならいっそう、ここには正徹の和歌実作と歌論に共通する方法が垣間見える。意味の決着を宙づりにするために、さまざまな知の記憶の断片を、わざと錯綜するようにつないでみせる方法である。作為的に記憶錯誤をも起こそうとするのである。私に表現母体という語を用いてきたが、正徹の目論んでいたことを一言で表すなら、表現母体の再現である。雲のように生滅変化する記憶の流動体を、生々しい形で（といっても人為的に）表現することである。利点はいくつか考えられる。

一つは判じ物めいて簡単には理解できないので、上級感が漂うこと。「幽玄」というキャッチフレーズは、それを後押しする有力な武器となる。でありながら、「幽玄」めいた歌を詠むことは、見た目ほどは難しくはなかったのではないか。歌を作る過程をそのまま生かすことができるからである。正徹の家集『草根集』には、いくつかの同じような歌ことばから成る組み合わせを中心に、順番や景物を入れ替え、言い回しを変えながら作った歌が多々見られる。普通なら類似品だと責められかねないが、意味の脈絡が錯綜しているので咎め立てされにくかっただろう。「雲・夕・雨（雪）・夢」などの組み合わせはその最たるものである。そのうえ、表現母体を利用しているとすれば、流動し潜在するものとはいえ、古典を学ぶ者には開かれているものなのだから、難解なわりに共感は得やすかったと思われる。格好良くて、案外敷居は低く、共感しやすい。なるほどうまい戦略だ。

何も正徹を貶めようという意図はない。むしろ、冷泉家というバックボーンがあったとはいえ、よくぞここまで道を切り開いたものと称えたいくらいだ。いずれにしても、雲をめぐる表現母体は、幽玄を伴いつつ、正徹においてこれまでで最も大きいといえるほどの働きを見せている。それを追想の力学の面から計測してみたのである。

おわりに──なぜ古典を学ぶのか、という問いに

最後に、古典を読む意義とは何かに答えよう。有り体にいえば、それは答えるまでもない問いである。幸福を求めることに意義はあるか、と問うのとほぼ同じ類いの問いだからだ。幸福の価値を追究することに思想的な興味はひかれるけれども、現実を生きる私たちにとっては、幸せとはどういうものか、どうしたら幸せになるか、という問いかけのほうがまず差し迫ったものだろう。

いまさらだが、幸福のありかを考えてみよう。幸福とは、多く鮮度の高い追想を伴っている。一時的な快楽はさておいて、幸福を感じる状態を思い返してみると、いつもある種の懐かしさとともにあった。とんでもない。悲痛な記憶、後悔に苛(さいな)まれる過去、思い出すたびに腹の立つ出来事だってあるではないか、「追想」と名づけるから美化されるだけさと反論されるだろうか。美化などしなくてよい。苦く苦しい記憶が溶け込むからこそ、心の深いところに温かさが生じる。

ながらへばまたこの頃やしのばれむ憂しと見し世ぞ今は恋しき

なるほどその通りだ。

いやいや、それでも追想に感じるそれは、後ろ向きな幸福というべきだ、人との肝胆相照らす交流、困難な仕事での達成感、あるいは将来への展望が具体的に開けていく時などなど、この世には未来志向の幸福がたくさんあるだろう。そう、たしかに現在も未来も大切だ。けれども、いまだ獲得していないものを将来に期待するのと、失ったものを受けとめ育てるのと、どちらが精神的な強度に富むだろうか。文化の成熟の問題である。

現在や未来が画然と明るくなるとき、人はこれまでの過去がまるで違って見え始めることを知っている。来し方の意味が、すっかり更新される体験を持っている。ここでいう追想とは、面目を新たにした過去を想起することである。追想を伴わない多幸感は、その場限りの満足感で終わるだろう。追想とは、むしろ未来に続く幸福をもたらすのである。

未来への追想には、明も暗も一緒くたに融解している。そして心の中の正負混じた記憶の流動体をわかりやすく示してくれるのが、古典の中の「雲」だ。雲は、神の山や月を隠してしまったり、永遠の別れを表したり、煩悩の比喩となったりもした。一方でまた、現実を越えた、はるかな憧れの存在を可視化し、今ここにいる自分とつないでもくれた。いずれにしても雲は、たちどころに変化してゆき、やがて消えていく。幸福へと向かう、悲喜こもごもの追想の表象として論じてきた理由である。美しいという感想を抱くことが、不適切なはずはないだろう。

古典を自分のものにすることは、古人の想いを追想することである。しかも、そうやって古典は順繰りに受け渡されてきたのだから、かつてあった追想を自ら体験するということでもある。体験化すれば、いつでも思い出すことができる。生活の何やかやの局面で古典を思い出として生きることができれば、私たちは思うよりずっと幸福に近づくだろう。

※引用した古典本文のうち、歌集・歌合は原則として『新編国歌大観』によった。そのほか、『万葉集』『源氏物語』は『新編日本古典文学全集』、『枕草子』『無名抄』『正徹物語』は角川ソフィア文庫、『続浦島子伝記』は群書類従、『白氏文集』は『白氏長慶集』版本によった。ただしいずれも私に表記を改めた箇所がある。

あとがき

本書は、「日本語の歴史的典籍の国際共同研究ネットワーク構築計画」によって構築された新日本古典籍データベース（二〇二三年三月一日より、日本古典籍総合目録データベースと統合し「国書データベース」となった）を利用し、同プロジェクトの研究成果の一環として執筆された。のみならず、その後継計画として準備されている「データ駆動による課題解決型人文学の創成」が重要な契機となっている。その経緯を記しておきたい。

古典歌人たちはどういう発想と方法で歌を詠んだか。それを明らかにすることが年来の個人的テーマだったが、創作の前提に相互に複雑に絡み合った言葉の群が表現の母体としてあったと想定し、藤原俊成や定家らの作品をもとに、その言葉の群に基づく彼らの発想を、「縁語的思考」（拙著『中世和歌史論――様式と方法』）と名づけて考えてみたりした。縁語を拡大解釈すればそれに近づくと見なしたからであった。しかし「縁語的」というのではではいかにも曖昧だという反省があった。その後フランス思想研究者の合田正人氏より、それは「メタスタビリティ metastability, 準安定状態」に近いのではないか、という示唆をいただいた。「メタスタビリティ」とは、例えば雲のように、一見形を成して存在しているかに見えてそれは一時的で、すぐに形や実体が変化してしまう、不安定な物質の状態のことですよ、と。なるほどそれは、さまざまな言葉や観念・イメージがガス状に寄り集まり、今にも変化流動しようとしている状態、つまり表現が生まれる一瞬前の、表現の母体というべきものに、比喩的には近似する。では、どうしたら、文学におけるメタスタビリティなるものを解析できるのか、それを考えあぐねていたところ、データ駆動という方法に出会うことになった。

文学研究が目指すもの。私なりにその核心と考えているのは、記録を記憶に変えることである。記録はいわば裸のままの情報であり、特定の人が、特定の目的をもって臨まないかぎり、なかなかその潜在能力を開示しない。記録が理解可能なものとなれば、記憶となる。ただし記憶といっても、教科書を丸暗記するようなそれではない。人々が、必要なときにいつでも思い出すことができる、共有財産となった記憶である。表現の断片の集積を、いまここにおいて想起しうる存在とすること。想起が可能になれば、記録の断片でしかなかったものも、相互につながり絡み合い、ゆるやかではあれ、まとまりを持ち始める。やがて次の表現行為のための流動体として動き出す。表現行為とは、間口をうんと広く取れば、生きることそのものである。

一部に墨や色料の塗りつけられた紙の寄せ集めを、意味ある言葉の集合体、すなわちテクスト（書物、本文、作品）とすることは、記憶化への入口として欠かせない。データ駆動研究とは、この記録の記憶化の基盤づくりに関わっている。読める形で本文を提供することはもちろん、あらゆる形で、誰もが想起することを可能にするための準備作業である。

作品は、さまざまな可能性の中の一つとしてこの世に生まれ出ている。意識的か、無意識的かを問わず、膨大な選択肢の中から選ばれてそこにある。水面下には、それら顕示されなかった知の断片が、しかも相互に絡み合い集合離散を繰り返しながら、流動している。本書ではそれを表現母体と呼んでみた。行間を読む、などと言われる解釈行為は、テクストの背後にある流動やまぬ知を捕獲することにほかならない。そして表現母体分析の道をひらくことも、データ駆動研究の果たしうる役割の中にあると考えている。その分析を、ほかならぬ「雲」を用いて手作りで試みたのが、本書である。古人は、雲に表現母体のメタスタビリティの姿を見ていたのではないか。その雲は、古えと現代とを往還する追想において生彩を放つと考え、粗々と和歌を中心とした古典の雲の輪郭を描いてみた。

辛抱強く脱稿をお待ちいただいた平凡社編集部、さまざまな新しい視野と知見を提供して導いてくださった国文学研究資料館の方々に、心より感謝申し上げたい。

渡部泰明

掲載図版一覧

図１　国文学研究資料館所蔵　伝藤原良経筆『詞花和歌集』古筆切

図２　国立公文書館内閣文庫所蔵『古今和歌六帖』第一帖

図３　国立公文書館内閣文庫所蔵『夫木和歌抄』巻第十九雑部一

図４　国文学研究資料館所蔵『万葉集』巻第一

図５　国文学研究資料館所蔵『百人一首』

図６　国文学研究資料館所蔵『雲図抄』

図７　国立公文書館内閣文庫所蔵『顕昭古今和歌注』（顕昭『古今集註』）

図８　国文学研究資料館所蔵　高乗勲文庫『新刻文選正文音訓』

図９　国文学研究資料館所蔵　群書類従版本　巻百三十五『続浦島子伝記』

図10　国文学研究資料館所蔵　群書類従版本　巻百三十五『続浦島子伝記』

図11　国文学研究資料館所蔵『浦しま』

図12　国文学研究資料館所蔵　鵜飼文庫『白氏長慶集』

図13　宮内庁書陵部所蔵『源氏物語奥入』

図14　国文学研究資料館所蔵　榊原本『源氏物語』葵巻

図15　国文学研究資料館所蔵　松野陽一文庫『千載和歌集』

図16　宮内庁書陵部所蔵『長秋草』

図17　国文学研究資料館所蔵　高乗勲文庫『無名抄』

図18　国文学研究資料館所蔵　久松潜一旧蔵『十体』

図19　国文学研究資料館所蔵　久松潜一旧蔵『愚見抄』

図20　国文学研究資料館所蔵　久松潜一旧蔵『正徹物語』

渡部泰明（わたなべやすあき）
1957年、東京都生まれ。東京大学大学院人文科学研究科博士課程中途退学。博士（文学）。現在、国文学研究資料館館長。専攻、和歌史。研究書に『中世和歌の生成』（若草書房、1999年）、『中世和歌史論――様式と方法』（岩波書店、2017年）、一般書に『和歌とは何か』（岩波新書、2009年）、『古典和歌入門』（岩波ジュニア新書、2014年）、『和歌史――なぜ千年を越えて続いたか』（角川選書、2020年）、『日本文学と和歌』（放送大学教育振興会、2021年）などがある。

ブックレット〈書物をひらく〉29
雲は美しいか――和歌と追想の力学
2023年3月24日　初版第1刷発行

著者　渡部泰明
発行者　下中美都
発行所　株式会社平凡社
〒101-0051　東京都千代田区神田神保町3-29
電話　03-3230-6579（編集）
03-3230-6573（営業）
装丁　中山銀士
DTP　中山デザイン事務所（金子暁仁）
印刷　株式会社東京印書館
製本　大口製本印刷株式会社

ISBN978-4-582-36469-9

平凡社ホームページ https://www.heibonsha.co.jp/

発刊の辞

これまで、限られた対象にしか開かれていなかった古典籍を、撮影して画像データベースを構築し、インターネット上で公開する。そして、古典籍を研究資源として活用したあらたな研究を国内外の研究者と共同で行い、新しい知見を発信する。これが、国文学研究資料館が平成二十六年より取り組んでいる、「日本語の歴史的典籍の国際共同研究ネットワーク構築計画」(歴史的典籍NW事業)である。そしてこの歴史的典籍NW事業の多くのプロジェクトから、日々、さまざまな研究成果が生まれている。

このブックレットは、そうした研究成果を発信する。「書物をひらく」というシリーズ名には、本を開いて過去の知をあらたに求める、という意味と、書物によるあらたな研究が拓かれてゆくという二つの意味をこめている。開かれた書物が、新しい問題を提起し、新しい思索をひらいてゆくことを願う。

書物は、開かれるのを待っている。書物とは過去知の宝蔵である。古い書物は、現代に生きる読者が、その宝蔵を押し開いて、あらためてその宝を発見し、取り出し、活用するのを待っている。過去の知であるだけではなく、いまを生きるものの知恵として開かれることを待っているのである。

そのための手引きをひろく読者に届けたい。手引きをしてくれるのは、古い書物を研究する人々である。

これまで、近代以前の書物——古典籍を研究に活用してきたのは、文学・歴史学など、人文系の限られた分野にほぼ限定されていた。くずし字で書かれた古典籍を読める人材や、古典籍を求め、扱う上で必要な情報が、人文系に偏っていたからである。しかし急激に進んだIT化により、研究をめぐる状況も一変した。現物に触れずとも、画像をインターネット上で見て、そこから情報を得ることができるようになった。

ブックレット

〈書物をひらく〉

1 死を想え『九相詩』と『一休骸骨』 今西祐一郎
2 漢字・カタカナ・ひらがな 表記の思想 入口敦志
3 漱石の読みかた『明暗』と漢籍 野網摩利子
4 和歌のアルバム 藤原俊成 詠む・編む・変える 小山順子
5 異界へいざなう女 絵巻・奈良絵本をひもとく 恋田知子
6 江戸の博物学 島津重豪と南西諸島の本草学 高津 孝
7 和算への誘い 数学を楽しんだ江戸時代 上野健爾
8 園芸の達人 本草学者・岩崎灌園 平野 恵
9 南方熊楠と説話学 杉山和也
10 聖なる珠の物語 空海・聖地・如意宝珠 藤巻和宏
11 天皇陵と近代 地域の中の大友皇子伝説 宮間純一
12 熊野と神楽 聖地の根源的力を求めて 鈴木正崇
13 神代文字の思想 ホツマ文献を読み解く 吉田 唯
14 海を渡った日本書籍 ヨーロッパへ、そして幕末・明治のロンドンで ピーター・コーニツキー
15 伊勢物語 流転と変転 鉄心斎文庫本が語るもの 山本登朗
16 百人一首に絵はあったか 定家が目指した秀歌撰 寺島恒世

17 歌枕の聖地 和歌の浦と玉津島 山本啓介
18 オーロラの日本史 古典籍・古文書にみる記録 岩橋清美 片岡龍峰
19 御簾の下からこぼれ出る装束 王朝物語絵と女性の空間 赤澤真理
20 源氏物語といけばな 源氏流いけばなの軌跡 岩坪 健
21 江戸水没 寛政改革の水害対策 渡辺浩一
22 時空を翔ける中将姫 説話の近世的変容 日沖敦子
23 『無門関』の出世双六 帰化した禅の聖典 ディディエ・ダヴァン
24 アワビと古代国家 『延喜式』にみる食材の生産と管理 清武雄二
25 春日懐紙の書誌学 田中大士
26 「いろは」の十九世紀 文字と教育の文化史 岡田一祐
27 妖怪たちの秘密基地 つくもがみの時空 齋藤真麻理
28 知と奇でめぐる近世地誌 名所図会と諸国奇談 木越俊介
29 雲は美しいか 和歌と追想の力学 渡部泰明